第3只眼
艺术论丛

阵

中

叫

阵

李小山 著

江苏美术出版社

导　读

　　本书以敏锐而独特的目光对中国当代艺术进行扫视，以轻松而睿智的口吻对中国当代艺术进行陈述，以深入浅出的笔法对中国当代艺术进行描绘……总之，本书旨在以最简练的方式提供最广阔的视野，领引读者进入中国当代艺术的前沿。

　　中国当代艺术是丰富多彩并问题多多的，本书从问题入手，毫不留情地指出其弊端，善意地提出批评，满怀希望地描画出光明的前景。中国当代艺术走过的短短近20年时间，逐渐从封闭和单一走向开放和多元，从本土化走向国际化，它将会在未来的发展中更加鲜明和多姿多态。

　　本书力求避免艰深的理论阐述，避免从概念到概念的陈旧写法，而用通俗的活泼的笔法来描绘，使中国当代艺术以活生生的形象呈现在读者面前。

图书在版编目（ＣＩＰ）数据

阵中叫阵/李小山著．—南京:江苏美术出版社，
2001.8
（第三只眼艺术论丛）
ISBN 7－5344－1280－3

Ⅰ.阵…　Ⅱ.李…　Ⅲ.绘画－艺术批评－中国－
现代　Ⅳ.J205.2

中国版本图书馆 CIP 数据核字（2001）第 036498 号

责任编辑　　乐　泉
封面设计　　卢　浩
审　　读　　宋吉述
责任校对　　刁海裕
责任监印　　符少东

阵中叫阵

出版发行　江苏美术出版社
经　　销　江苏省新华书店
印　　刷　南京爱德印刷有限公司
开　　本　880×1230　32 开　7.125 印张
版　　次　2001 年 8 月第 1 版第 1 次印刷
印　　数　1－5,000 册
书　　号　ISBN 7－5344－1280－3/J·1277
定价:20.00 元

社址/南京市中央路 165 号
电话/3308318　邮编/210009
发行科/南京市湖南路 54 号
电话/3211554　3301523　邮编/210009

序　言

　　不久前我在一所著名的大学做学术讲座，讲座题目很时髦：在全球化进程中的中国当代艺术。——当然，这是由他们拟定的。令我比较惊讶的是，当我报出十位当代著名的中国艺术家时，济济一堂的听众中竟然大眼瞪小眼，无一知道，而我所报的名字都是当前艺术圈内最走红的最具有影响的人物，如果作一个类比的话，他们相当于文学界的王蒙、刘心武、贾平凹等等，相当于电影界的张艺谋、陈凯歌、姜文等等，相当于流行歌坛的罗大佑、李宗盛、王菲等等。这些听众完全可以报出文学界、电影界、流行歌坛更多的名字来，多的让人惊奇，但是，面对我介绍的当代艺术家却真的傻了眼。他们也知道一些艺术领域的故事，恕我直言，其了解程度相当于幼儿园水平，齐白石、徐悲鸿、刘海粟什么的，都是从报纸角落或电视里获得的肤浅印象。所以我赞同吴冠中先生的观点，他曾直截了当地说过：现在美盲比文盲多。

我举这个例子，是想说明中国当代艺术与一般观众之间的隔膜，同时也想说明中国当代艺术与中国当代社会之间的错位。隔膜和错位必然导致当代艺术的游离状态，无法扎根在现实的土壤，无法获得足够的生命的营养，因而也使得那些当代艺术家几乎不为人知，他们不过是小圈子里的英雄，是在小圈子里混饭吃的角色。

当代艺术指的是什么？简单地说，凡是传统艺术中不曾有过的东西，例如装置艺术、行为艺术、VIDEO ART 等等（包括架上绘画中许多与传统不同的新因素），统称为当代艺术，它和当代文学、当代哲学不一样，后者不过是时间上的断代，而前者则是类型上的划分，它也包含断代，但更多的是类型问题。

很多情况下，当代艺术的理论阐释是创作实践的产物，是与创作实践共在的，就是说，在作品还未出现前无所谓标准，它的标准跟着作品一道产生。这与传统艺术有着本质区别，在传统艺术那里，创作者和欣赏者处在先验的标准的统率之下，譬如中国画的"六法"，是中国画创作和品评的最高法典，所有画家都毕恭毕敬地遵从，所有欣赏者则依据它的标准来检验作品。但是当代艺术无视一切条条框框，它是自由的、个人化和混乱的。由于标准不再固定，我们面对五花八门的作品就无法以一种固有的眼光去评价，因为，当代艺术的最大特点是多元化和多样性，我们只能在鱼目混珠、泥沙俱下的状态中寻找个人自身的立足点——每一个人都是一个判断的个体，每一个人都是一个支点，它的全貌是由无数这样的支点支撑的。

毛泽东在论述战争时用了这样的逻辑：什么是战争？什么是革命战争？什么是中国革命战争？我们面对中国当代艺术，问题便很明确：必须了解中国当代艺术的情况如何。毫无疑问，当代艺术是跨越国界、跨越民族和跨越本土习惯的全球艺术，它的出现证实了当年歌德、马克思关于"世界文学"必将来临的英明预见，由于视觉艺术在交流和接受上障碍更小，因此超越了文字的"国际化"的速度，成为覆盖全球的巨大潮流。——请注意，当代艺术的全球化不是在消灭地域个性、民族特色和本土习惯的情境下展开的，它将地域性、民族性和本土性放置在了一个新的境遇里，是一种建立在新艺术观基础上的产物。

　　回顾中国当代艺术短短的历程,可获得一个基本结论——即:中国当代艺术的萌生和发展,是改革开放后西方文化(艺术)思潮大量涌入的结果。也就是说,没有西方文化(艺术)思潮的刺激和推动,便不可能如此快速地出现和形成中国当代艺术。从20世纪80年代开始,特别是"85新潮"运动以后,年青一代艺术家大胆挑战传统,破坏和消解传统的束缚,他们手中的惟一武器便是西方现代(当代)艺术的现成经验,模仿、借鉴和搬用,凡能为我所用,就无所顾忌地照单全收,这势必造成严重的消化不良。90年代后,随着艺术家的逐步成熟,以及进入"国际"的机会增多,中国当代艺术的既定路数依旧,样式、风格、品种诸多方面维持原状,精致化、物质化和平面化的倾向日见明显,已经"阔"起来的人不想"革命"了,而没有"阔"的人却也不愿意"革命",鲁迅曾经讲的"革命、革革命、革革革命"竟然没发生。那些后起之秀不仅继续模仿和借鉴西方的现成套路,还精明地将大哥哥们的发迹经验迅速转化为自己的行动指南。这是双重的讨好卖乖的策略……

　　艺术不应该是固定的存在,它与我们对于未知事物的好奇心一样,需要不断补充和更新。杜尚极端地说过，博物馆美术馆里的所有作品全是艺术的"僵尸"，艺术存在于"过程之中"。——但是我们应该警惕，当代艺术生产着大量的垃圾，滋长着大量的泡沫和假象，许多艺术家胡闹得太过分了，败坏了人们对当代艺术的兴趣。一位批评家对我说，本来很喜欢当代艺术，现在却万分讨厌，因为里面有太多令人作呕的东西。

西方当代艺术，从塞尚、毕加索、康定斯基、杜尚到博伊斯、安迪·沃霍……一连串富有创造性的艺术家完成了艺术内部的建设，而强大的资本、基金会制度、展览机制、公众舆论、收藏体系等等，完成了艺术外部的建设。西方当代艺术是一个整体系统，具有循环和再生能力，又具有极大的消化功效，它是西方发达社会的原生态存在，因而显得成熟而牢固。

反观中国当代艺术，尚处于起步时期，许多东西还未建立——基金会、展览机制、市场的购买力、批评的参与和公众的热情等等，它基本上处在一种"失血"状态，处于一种缺乏自我评价能力的漂浮状态，处于一种不断冲突又不断消解的平面状态……还可以列举更多的不足，这是存在的现实，中国当代艺术从无到有的经历太短，各种弊端和缺陷在所难免。所以在本书中，我采用就事论事的态度，对每一个艺术家进行直观的扫描，只涉及我视野内的东西，不做全面的评价和结论。

其实，难度恰恰就在这里。一切有关背景性的描述和论断相对来说都比较简单，因为我们处在这个有目共睹的时代，大轮廓大底色是一目了然的，但是具体到个体，具体到作品，歧义便出现了。这是由于普遍和个体之间、标准和标准之间的层出不穷的矛盾，以及它们的不可比性。在当今，没有一种观点一种要求一种立场能够囊括如此纷繁复杂的艺术景观，当一个艺术家在追索"意义"时，另一个艺术家却在竭力否定"意义"，当一个艺术家试图建立标准和规范时，另一个艺术家正在对标准和规范进行讨伐，当一个艺术家恭恭敬敬歌颂人性之"美"时，另一个艺术家却声嘶力竭高唱人性之"丑"。对此，没有比描述的办法更能准确地向读者交代，艺术在当代的真实存在。

贡布里希早就敏锐地感悟到艺术界限的模糊问题，而在当下，艺术变得真正的漫无边际了。我在 1988 年的一篇文章写道：艺术不存在什么本质，即使艺术被规定为某种最为开放的概念，也难免不与艺术实践撞车……

艺术在它的历史取向中有着无限多的可能性，随着各个具体时代的需要，自然而然产生出与之相适应的样式……艺术已成为人们的所在之"场"。一位美国批评家干脆说道：一块石头在路上便是石头，在美术馆就是"艺术品"。这倒是的，无数所谓的作品不是由它们自身决定是否为艺术，而是如何赋予它艺术的名义，那么"名义"为何物呢？

在本书中遭遇的艺术家及作品或许大大超出了读者对艺术习惯的概念，这不要紧，任何习惯不是先天的，而良好的习惯——譬如对新生事物的好奇心和热情，对未知事物的求知欲，对自己知识领域一知半解的东西的钻研精神，等等，都需要一点一滴加以培养。

我想强调一下，用老眼光和老观念衡量当代艺术肯定不行。我们的眼光和观念是在环境的浸染中逐步形成的，我们能够接受和欣赏传统艺术，便是习惯使然的。黑格尔当时轻蔑地评判中国画"不懂光影远近，所以不是艺术"。无独有偶，邹一桂则不屑一顾地讥讽西洋画"虽工亦匠，故不入画品"。两者由传统习惯所产生的误解现在看来已不足为谈，然而，我们能够被习惯一而再、再而三地牵着鼻子走么？——请注意，我说的习惯其实是惰性的一种，对艺术的惰性将封闭和摧毁人对外部事物的敏感，使之麻木和迟钝……在此，我愿提供自己一点心得，与读者交流，其中肯定含有矛盾之处——如前面谈到的，当代艺术的问题不可能以一种观点和立场来阐释或解答，它太复杂了，太多变了，有的问题有 100 种以上的答案，有的问题刚刚发生就已成为过去——因此，我的目的仅仅是提供心得，没有结论。

本书涉及 30 余位艺术家，他们的悬殊、差异和区别非常大，之间找不出多少可比性，把他们网罗在我所要描述的范围内，是为了尽可能多地反映中国当代艺术的面貌。我不打算全面介绍他们的经历和成果，而是截取某个显眼的断面，抓住其最鲜明的特征，加以扫描和对照。我没准备为他们立传，所用的当然就不是"史笔"。有关他们的个人材料比较散乱，不容易收集；再者，他们仍然处在不断的变化之中，很难说今后朝着什么样的方向发展。我的办法是尽量"偷懒"，少用材料，多对作者和作品进行描述——这么做，或许对读者更有吸引力一些。

李小山
2001 年 2 月

目　录

序　言　李小山

徐　冰
（001）

方力均
（041）

谷文达
（009）

张晓刚
（049）

蔡国强
（017）

丁　乙
（057）

黄永砯
（025）

魏光庆
（063）

王广义
（033）

叶永青
（071）

目　　录

目　录

徐冰《蚕系列·"花"》1994年

徐　冰

对中国当代艺术来说，1989 年是个非常显著的转折点，由艺术批评家高铭潞、栗宪庭策划的"中国现代艺术展"在北京中国美术馆展出。这是当代艺术弄潮儿们的规模空前的聚会，它既是展示正经艺术家才华和观念的场所，也是莽汉们玩耍艺术的舞台，甚至是一些与艺术不沾边的人的胡闹之地。但这些都无关紧要，即使最严肃的大型的当代艺术展，也避免不了混入一些挂羊头卖狗肉的家伙。需要注意的有两点：一、这次展览几乎可说是近一二十年当代艺术在中国大陆的挽歌，从此之后，官方美术馆再没有接纳过类似的展览，而各地的地下或半地下

徐冰
《蚕系列·"花"》
1994 年

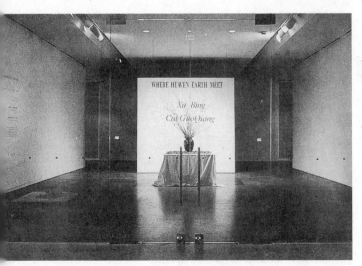

的自发性展事，在规模、声势和影响上没法与之相比（以我的意见，炒得沸沸扬扬的 2000 年上海双年展也不过如此）；二、在这个展览上露面的艺术家群体发生明显分化，一些人出国求发展了，一些人转向

徐冰
《析世鉴》
1988 年

了，一些人消失了，生生灭灭，正如一切历史事件都免不了泥沙俱下、鱼目混珠——总之，1989 年的"中国现代艺术展"是一个标志，它标志着中国当代艺术进程中的重要的转折。像徐冰这样，选择了出国这条路——其实，90 年代以后陆陆续续出国的艺术家很多，从事当代艺术的中国艺术家都力求抓住某种机遇，像牢牢抓住上帝的衣襟一样，因为只要稍稍一松手，便机遇旁落，几乎人人懂得，机遇旁落的后果将是什么。

事过境迁，人们回想当时的印象，肯定忘不掉徐冰这个名字，而这个名字又和至今仍然为人们津津乐道的巨型作品《析世鉴》联系在

一道。

《析世鉴》占地 300 平方米,覆盖了大厅的四壁、地面和天花板,四壁布满了条幅和横幅,地面上铺放了 120 套 4 册 1 卷的线装书,天花板上垂挂下的长条形成大跨度的弧形。那么如何"析世"呢?徐冰在宣纸上印制的 3000 个各不相同的汉字全部是刻意杜撰出来的,——就是说,上面的"字"全都不可读因而也不可解。徐冰制作这件巨作花费了 3 年多时间,是为了给观众出一道难解之谜吗?3000 个不能解读的"字",真是不可思议,——这正是当代艺术的花招之一:颠倒、错位、夸张、混乱、悬置、超现实、白日梦、障眼法、变戏法等等,它让人们惊奇,让人们瞪大眼睛百思不得其解,但却留下无比深刻的印象,过后还为之议论纷纷、争执不休。它冲击你,动摇你,让你的欣赏习惯变得可疑又可笑。试想,假如一位认真的先生,戴着眼镜凑近作品试图好好认出"字"的内容,岂不让人笑得满地找牙?——不过,我记得当时还真有人这么做,想读读徐冰同志刻的什么古本。米兰·昆德拉说过,让我接受的书都不是好的,只有动摇我的才是好的……

我想到一个问题,有学院背景的徐冰从不

把自己的"画"拿给观众看，他的作品全是"做"出来的——无论是早期的《析世鉴》，还是后来花样百出的各种各样的作品，全与"画"不沾边。说明什么呢？我觉得有一种人特别适合做当代艺术家，他的才能和当代艺术的那些因素一拍即合。我们应该记得那句挺牛皮的口号：人有多大胆，地有多大产。一定程度上，当代艺术就是这样，只要你能想并敢想，只要你能做并敢做，说不定就有你大红大紫的机会，从一个人见人烦的小混混眨眼间成为大明星，成为别人羡慕不已的大师。——说明一下，以免有人误解我含沙射影。徐冰不是在当代艺术中浑水摸鱼的机会主义者，他有足够的智慧，和将智慧融化为行动的能力，他幸运地撞上好时代，不过，即使他春

徐冰
《析世鉴》
1988 年

风得意时也忘不了批判, 把批判矛头指向了施惠于他的西方当代艺术……

徐冰在国内的另一件作品规模更大, 作品的名称叫《鬼打墙》。如果说《析世鉴》是靠一人之力, 那么, 《鬼打墙》靠个人的力量是完不成的, 徐冰这回动用了十几个助手, 花了 3 周时间, 1300 张宣纸, 摹拓了长城的一段, 及一座烽火台。又用了 3 个多月的制作, 完成了他称之为《鬼打墙》的作品。

人们有过许多议论, 对《鬼打墙》的含义做出各种分析和解释, 徐冰真是聪明绝顶, 他就是闷着头"做", 让大家去"说"。一位老外冒充内行地对我解释道, 徐的《鬼打墙》表明一个观念, 闭关自守是不可取的, 是徒劳的。我没别的表示, 只是哼了一声, 学着他们老外耸了耸肩膀。

在不久前的一篇文章中, 我谈到一个自己的个人观点: 当下中国不需要当代艺术。我的意思并不是指艺术家不应该从事这样的创作, 而是想说出这个事实, 到目前为止, 无论从社会的接受程度, 还是从艺术家创作的目的性看, 都足以说明, 中国当代艺术的接纳者是西方，而国内所需的，不过是一些当代艺术的信息和传闻。我曾说栗宪庭努力推介的艺术和艺术家被西方意识形态和西方市场全面买断了，回报给中国当代艺术自身的利润微乎其微。

徐冰像不少在国内无法施展本领的艺术家一样出国了，他是对的，因为他所搞的那一套东西在欧美早已形成气候，他一旦进入便如鱼得水。据他后来一个接一个展览，一个接一个行动来看，他是真的"进入"了西方系统，他几乎成了中国艺术家梦寐以求的国际大展的常客，而国内的舆论已把他当作"中国艺术家"在西方"成功"的实例，就如谭盾、成龙、张艺谋一样。

徐冰
《鬼打墙》
1990 年

作为身份特殊的中国艺术家，徐冰的许多作品是从中国传统文化和风俗中获取灵感的，而他的"中国身份"本身也不知不觉成了卖点。例如 90 年代他在美国做的"蚕系列"，读者可以设想，当你步入展厅，看到几百条肥白的蚕正在大吃特吃桑叶，桑叶越吃越少，屎越拉越多……到最后（两周左右时间——请注意，这个作品要两周才能结束），所有的蚕都钻进了它们的茧中……作品的完成又一次变得无比玄妙。

徐冰曾经对西方当代艺术发出过声讨，认为整个西方当代艺术已经"病入膏肓"，到了需要清扫"垃圾"的时候了。——这是令人奇怪的，因为在一般人眼里，徐冰是靠了强大的西方当代艺术系统的支撑，才有了现有的一切，为什么得了好还卖乖呢？徐冰所站的角度不同，自然有他言说的理由，——最大可能是，他是参与者，因此更能看清里面的许多隐患。指责西方当代艺术的"困境"，或者其他毛病，都不足为怪。我以为，当代艺术与传统艺术的区别之一便是，它永远不会是静止的、封闭的和完美的。它不可能完美。

就如徐冰自己，给人的印象更多的不在视觉经验中，而在观念中。假使这样的说法不够准确的话，我想提起前两年他在北京做的那个活动，——把两只印有西方和中国字符的一公一母种猪放在一起交配，叫做"文化动物"。我觉得即使就观念而言，也过于浅显，而作为作品，则让人看过后不免皱眉，或者冷笑一声而已。

谷文达《联合国》1998 年

谷文达

谷文达
《黑丝雨——中国
水墨画系列之一》
1999 年

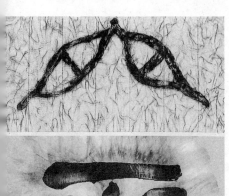

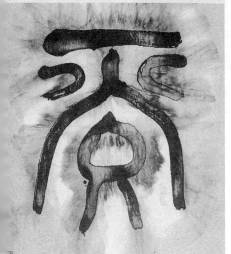

1985 年，谷文达以他的一系列水墨画新作声震艺坛，被批评家刘骁纯称为"中国艺坛最具破坏性的艺术家"。我写过两篇文章评价他的作品，要点是：其一，中国画创新是中国艺术家的百年来的"情结"，从林风眠、徐悲鸿、刘海粟等老一代艺术家开始，一直到眼下年青一代艺术家，都力求以自己的方式予以解决；其二，谷文达用西方现代主义观念改造水墨画，有其独到的方面——例如，在一件由 3 幅长 220 厘米、高 100 厘米组成的大幅作品里，谷文达极尽水墨材料的功能特色，将汉字和抽象背景结合起来，肆意渲染朦胧的意蕴和深远的意境，于画面之外给予观众以观念的冲击。

自 1986 年起，谷文达热衷于运用各种材料来制作作品，最著名的要推《静则生灵》，用油漆、皮革、纤维席、漆布和泼满墨汁的纸片，作品的尺幅算得上巨大，具有

很强的视觉冲击力。——这也可说是谷文达艺术观念的诠释,一是对待传统的态度,二是想方设法加大创新的力度,以获得更广泛的想象和创造的空间。我把它看作为艺术家天性的体现,有一类艺术家迷恋于规模巨大的形式,迷恋于轰动和冲击力,他们的内在的表现欲望特别强烈,机会降临,便施展手脚主动出击,力争自己的地位和名声。

这位雄心勃勃的艺术家曾经宣称,要通过 10 个活动,争取进入国际最著名艺术家的行列。问题不在于他做没做到,而在他许多年来始终保持高涨不衰的热情,令人叹服。他和徐冰一样,主要的艺术活动是在国外进行,传至国内的只是些零碎消息,人们予以种种猜测,真真假假,虚虚实实,——现在大家对此都抱着怀疑态度。谷文达在给我的信中说:当代在西方的亚裔或者各种少数族裔,没有几个像我的作品与活动而引起争议、挑战、讨论和反思

谷文达
《联合国》
1998 年

的，使我感到自豪的是，作为一个中国人，没有迎合西方当代新国际主义的等级和异国情调，也没有迎合狭隘的民族主义，可以说这条路是最难的，它需要智慧、胆略和献身精神……尼采的自序用了《瞧，这个人》的书名。瞧，这个人——谷文达就是这样自信而自负的人么？

我想起1985年左右谷文达提出向西方现代主义挑战的口号，口号似乎很吸引人，但是我以为"我们"不具备挑战的基本条件，作一个简单的类比，有点像当初义和团拿长矛大刀与洋鬼子的洋枪洋炮干仗，单靠大无畏的牺牲精神是不行的，牺牲就是牺牲本身，不具有奠定挑战基础的价值，文化之间的冲突虽无烈焰遍地火光冲天的壮烈景观，但强弱对比却事实地存在着——尽管，这种存在不是凝固的和不变的。

谷文达在美国完成的影响最大的作品是《联合国》，这是一个为期10年左右的艺术计划，要在世界各地制作并展出。我最初知道这一计划时，为其壮举所惊讶，有一种艺术家生来便拥有对人类的关怀，他们超越自我，将生命体验与人类幸福结合起来，即便从计划本身来看，已显示出令人激动的前景。但是我相信，狂热和繁闹并不代表支撑在作品后面的真实意义，很多时候，我们被某种东西所激动，经过若干时间的销蚀和考验，就忘却了我们原先的期待。

谷文达指出：《联合国》是一个伟大的理想概念，但几乎没可能在人类历史上实现，而此美好的理想将通过艺术作品得以完美的实现。作品的力量在于作品背后聚集着成千上万不同种族的活着的人们（因为此计划的媒介是从世界各地收集的人发）。举例来说，《联合国》在波兰和以色列展出时，都产生了极大的反响——特别在以色列，由于二战时犹太人的悲惨遭遇，以及远古宗教的记忆，对用头发制作的作品抱有特殊的敏感（谷文达用30块3吨重的巨石，上面粘满犹太人的头发，陈列在山坡上），人们不会忘记屠杀的惨剧，不会忘记灭绝人性的历史浩劫，因此，这样的作品极容易引发争议……

我们无法亲临"现场"，但是，"现场"是至关紧要的，我们不在场，就只能按经验去设想作品的现场效果，当代艺术史上的很多作品是无法用经验去证实或体验，一旦作品变成文本的形式，作为观

谷文达
《联合国》
1998年

谷文达
《"静"则生"灵"》
1986 年

者，我们不过是了解曾有过那么回事，而这些"事"，会被以后更多的"事"牢牢覆盖。

同为当代最出色的艺术家，杜尚从不喜欢出风头，在功成名就的巅峰中隐退，而博伊斯喜欢制造运动，让自己处于社会事件的中心。中国艺术家在参与西方艺术潮流的过程中，心态各有不同，但有一点或许相差不远——即，获得的越多越大越好，因为他们不光属于个人，还代表所属的民族和祖国。如此的话，便始终伴随着时强时弱的无奈，几乎像宿命一样。

如果我的揣测牛头不对马嘴，那么，另一种现象值得重视——即，中国艺术家在如何迎合或反叛西方主流思潮这一问题上，没有停止过摇摆，他们在摇摆……在过渡……在变得实际……

请读者想象一下，我们这里，假使一个艺术家公开以"性"向大众的禁忌叫板，结果会怎样？当一个英国女艺术家把自己"做"成作品，让任何观者用愿意的方式"搞"一次，以收取若干英镑，你会作何感想？

挑战道德和习惯的禁忌，是当代艺术家钟情的题材之一。谷文达的《血之迷》

谷文达
《血之谜》
1995 年

是一鲜明的范本。《血之迷》收集了许多妇女用过的卫生巾，上面残留着令人作呕的血污，作者将它们堂而皇之陈列在玻璃柜中展出，结果引起那些守秩序的人的激烈反对和抨击——话得说回来，没人反对和抨击，谷文达的目的便没有达到。实际上，《血之迷》牵出了更为实质的问题：艺术之迷。我想起十多年前，美国波谱劳申伯将垃圾放在中国美术馆展出，让多少人目瞪口呆，对何谓艺术疑惑不已，然而，时至今日，垃圾已经算得上是优雅了……

　　大便、死尸、内脏以及一切恶心之物都可以冠以艺术的名义吗？是的，当代艺术的倾向之一就是让人恶心，让人浑身爆鸡皮疙瘩，让人觉得世界有多肮脏，目的是撕开遮盖在日常生活之上的已经麻木的习惯——这当然是一种辩解之辞，如果艺术是用来挑战日常禁忌的，那么它的存在的价值就非常可疑。一些艺术理论家惊呼艺术已经死亡，理由是它的边界已经彻底丧失。是的，对于一般观众，他们惊诧和惶惑，是否会导致他们决心从此以后远离这种所谓的"艺术"？就我个人而言，说实话，很多时候也一样觉得头痛不堪。

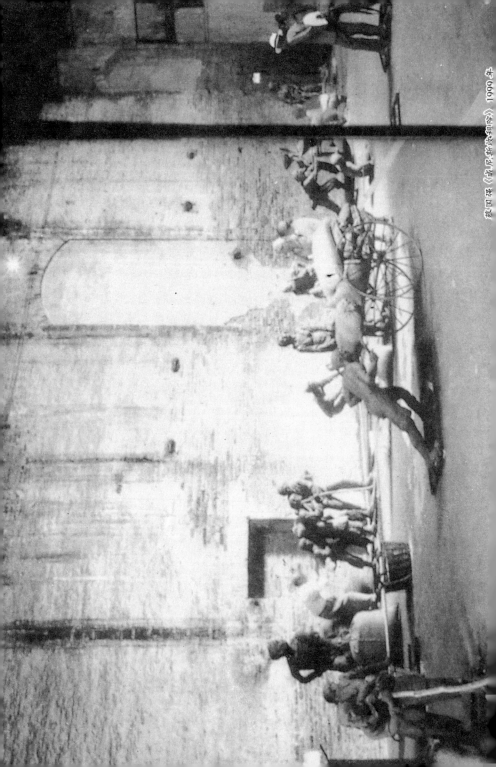

蔡国强《出尼斯收租院》 1999 年

蔡国强

我犹豫再三才将蔡国强列入名单中，自1986年后，蔡国强就移居日本（后又去了美国），几乎可以说与中国当代艺术毫无关系，但是他的名声及地位如日中天，特别是去美国之后，他已成为国际艺坛的一个著名品牌，因而，我仍将他当作"中国艺术家"看待，以壮壮我们的声威，正如大家经常把杨振宁、丁肇中、高行健看成中国人一样。另外一点，也是我们所属的时代的一大特征：名声的作用已经完全掩盖了实质，——传媒时代就是明星时代，而明星的光芒究竟能够闪耀多久，却与我们的关注无关。

蔡国强
《龙来了》
1997 年

据我有限的经验判断，蔡国强与别的在西方的"中国艺术家"相比，最善于把握文化战略与创作题材之间的关系。他的敏锐，

他的洞察力，他的驾驭宏大主题的制作能力，无疑是第一流的。许多试图获得领取进入西方入场券的中国艺术家都在打"中国牌"，——运用中国的传统素材、哲学观念以及

蔡国强
《与外星人对话》
1990 年

种种现成品，真正能将它们转化为自己成熟的语汇，溶解为自己表达思想的手段，并把观者带进自己创造的艺术景观之中，便是另一码事了。

火药是我们祖先的四大发明之一，蔡国强用它来制作的系列爆炸作品，几乎成了蔡国强日后的标志之一，"爆炸"的壮观场面，给人们造成极大的刺激性感受，它不是战争，不是游戏，不是银幕中的虚拟现实，它是爆炸本身，是爆炸的美学。那么，它隐喻着什么呢？——蔡国强的解释是：通过作品使人获得来自宇宙的更大的力量，同时，从宇宙的角度来认识人类在地球上的活动。

能够信任艺术家本人的陈述吗？至少我有

蔡国强
《龙来了，狼来了：
成吉思汗的方舟》
1997 年

理由说，艺术家的陈述只是一把钥匙，而进入作品的门有很多扇。蔡国强的作品让我们置身于无限复杂的交叉点上，既有文化、传统、民族等因素，也有神秘、哲理、心理等因素。他把一切已有的东西加以组装和改制，赋予全新的观念，（以福科的话来说）这是攫取言说权力的途径。从蔡国强喜欢利用的基本素材看，他非常巧妙地突出自己作为"中国艺术家"这一独特身份，并将这种身份扩展为一种在国际大家庭中的不可缺少的言说，这样，他便迅速确立了强有力的品牌形象。

火药、羊皮筏、灯笼、木船、园林、中药罐、帐幔、太湖石……

这些蔡国强常常用来"做"作品的材料，对西方观众来说是新鲜的，他们吃腻了西餐而想尝尝中餐，因此很符合他们的"此时"胃口。我觉得蔡国强从日本投奔美国这个行为，正好作为问题的注脚，美国毫无疑问是当代艺术的

"中心",所有指望在国际艺坛搏一搏的艺术家都要在那里亮一亮相。我曾幻想,如果有一天,艺术的中心转移到了月球或别的星球,许多艺术家一定会把拿到去那儿的飞船票当做极大的幸运……

进入"中心"并非免费,你必须有足够的资本。我想举蔡国强的名作《草船借箭》为例。中国的妇孺老幼都知道诸葛亮足智多谋,草船借箭是其许多典故中的一个。蔡国强以他独到的幽默和智慧制作了这件作品,当观众看到一条真的木船和草人时,会产生什么样的联想呢?是还原历史,或者其他?这里可窥见蔡国强极其精明的地方,他获得了"双赢"——即使西方观众很容易地接受他所示范的新奇故事,又推销了他个人对当今国际事务的"见解",——请注意,蔡国强没有简单地将草船直接展出,而是在船尾竖了一面五星红旗——读者不妨仔细想

蔡国强
《纽约蚯蚓室
视像装置》
1996 年

一想,这难道不是画龙点睛之笔么?!

蔡国强的《威尼斯收租院》使他获得了最高荣誉:他成了获取威尼斯双年展国际奖的亚洲艺术家第一人。当我听说蔡国强在制作这件作品时,立即为他这一绝妙构思击节赞叹:高,实在是高!——单这么一个点子就价值连城,说明蔡国强不愧是国际级的品牌艺术家,在别人看不到想不到的地方信手拈来这个妙不可言的题材。有些阅历的人都不会忘记《收租院》这回事,它曾经是阶级斗争教育的绝佳材料,"文革"前就红遍中国大陆,但是人们那时不把它当作艺术看待,因为阶级剥削和阶级压迫的主题压过了审美观照。蔡国强将《收租院》搬到了威尼斯(所谓"搬",是指他动用人力物力按照原样复制了《收租院》的全部人物及道具),这样,《收租院》便不是原来的《收租院》,而叫《威尼斯收租院》,形式上别具一格气势恢弘,寓意上隐喻了无数言说的可能,作品确实令西方观众"大开眼界",获奖自在情理之中。

以我看,有关《收租院》问题的争论没有意义(后来围绕《收租院》的版权官司,以及是否是中国的"后现代艺术"、"中国雕塑史上的奇迹"之类争论真是没话找话说，有点无聊），当蔡国强"做"完这件作品，并赋予它新的含义时，它的全部意义都已终结。而蔡国强本人则在自己的履历上增添了辉煌的一笔。是的，当代艺术的特征之一就是观念和构想的所属专利，没有人可以垄断任何题材，甚至是已有的遗产，只要你赋予它新的属于你的独创观念，它（如杜尚的《蒙娜丽莎的胡子》那样）就无可争辩地为你所有。

蔡国强的万花筒般的思路和旺盛的创造力，依赖于他始终如一的观念——即：自身的文化传统与现实世界的对应关系，当人们置身于他创造的艺术景观中，似乎一切都显得简单明了，但是，没人否认得了他在叙事中那种诡秘的圈套，这是他打开宝藏大门的密码。蔡国强粗略地研究过西方当代艺术后得出结论：艺术可以乱搞。从他的实践看，不仅"可以"乱搞，还"必须"乱搞。在当代（不管是西方还是东方），人们寻找新奇的刺激已经不局限于艺术趣味，它像汹涌的浪涛湮没我们，使我们的心智变得扭曲和病态。蔡国强的大红大紫证明他嗅觉灵敏，如那个著名的比喻，不小心踩着历史的杠杆而改变了历史，我不是指他改变了什么，——而是想借此表明，艺术家进入历史的途径其实很有限，也很偶然。在美国生活了将近五分之一世纪的陈丹青说，为什么？为什么我们要等"西方当代艺术"在我们头上摸一下，说："你做得对，做得好。"为什么呢？——什么都不为，只为我们需要"走向世界"和需要"国际化"，我们被"走向世界"和"国际化"弄得焦虑不堪，所以，谁能够"化"我们，我们就急急乎乎奔谁而去。何况，对那些已经进入了西方系统并玩得正欢的"中国艺术家"而言，压根就不存在这个问题。

黄永砯

有朋友对我说，黄永砯是中国当代最富智慧的艺术家。可能是吧，这要看从哪个角度来判断。每个成功的艺术家都有自己对付现实的手段，有时候是自发的，有时候是刻意的。没有一种现成的模式可以让艺术家遵循，尤其在当代这样的多元化格局里，大家都使尽浑身解数创造个人模式……我听到过无数自吹自擂的"最"，和花钱买来的"最"，因此，这顶"最富智慧"的帽子在当下是非常廉价的，很难说黄永砯乐意戴上它。

我想说，多元化并不表示所有人平起平坐，天才和蠢材、英雄和狗熊可以勾肩搭背称兄道弟，如果艺术家的创造真的失去了高低优劣的评判基础，那么，任何一个白痴就和我们尊敬的、带给我们无穷享受的天才一样没有区别，而多元化则成了所有白痴或众多懒汉的最好遁词。我曾对一个不断在我面前叫嚷这个时代没有天才的家伙说，你要说明我们的脑袋、身体、思维、能力、想象都是一样的吗？要证明你自己并不比任何同代人低一头吗？

有一个奇怪的现象，几乎所有现在成名的艺术家全是现存美术教育体制里培养出来的，而他们在日后的艺术活动中几乎没有不反学院教条的。黄永砯说过，我为了学美术花了 5 年时间，如今我将需要 10 年时间再把我所学的东西重新忘掉。这算是可笑呢？还是可悲？或者又可笑又可悲？

黄永砯
(《〈中国绘画简史〉和〈现代绘画简史〉》
在洗衣机里搅拌了两分钟)
1987 年

　　黄永砯的艺术之途一开始就充满张力，他要向现存体制和现存陋习发出决不妥协的挑战，这种挑战逼迫他必须寻找合适的方式，以达到让人警醒的深思的效果。1985 年左右，他与朋友组织的"厦门达达"很快扬名全国，其时所展出的作品都是些粗陋的类似劳申伯式的货色（废铜烂铁、木片石膏、草绳电缆什么的，这是其时所有"前卫"的共性，艺术家很穷困，他们的作品不免带着穷困的相貌，而且，正由于"穷困"，他们才敢于肆无忌惮地反这反那），获得新奇的效果，体现反传统美学的叛逆性倾向。回想那时的情景，我发觉，凡是敢折腾的和能折腾的人，有许多已是当下的名家和权威了，倒是那些小心翼翼的家伙，成了历史进程中的铺路石,无声无息地消失在人们的视野之外。

挑战和逆反,是不少艺术家功成名就的门径。特别是在社会和文化的转型时期,挑战和逆反已不是手段问题,它们本身就是目的。

杜尚在蒙娜丽莎脸上画两撇胡子,在小便池上写了"泉"的字母拿到展览会去展出,杜尚的用意在于反对以往的僵硬的美学原则,以他的说法,在博物馆、美术馆陈列的所有现成作品都是艺术的"僵尸",艺术只存在于"过程"之中。黄永砯踏上艺术舞台的时候,历史正好提供了契机:反抗就是美学,反抗就是艺术——这样,他的潜伏的才能终于有了爆发之机。

黄永砯
《九柱戏》
1993 年

提起黄永砯,人们至今仍津津乐道他的那件作品:把《中国绘画简史》和《西方现代绘画简史》一起放进洗衣机搅成一团纸浆,这个举动体现出他的主要的

艺术观念："历史惟一剩下的是大量的文字和文本……我们就处在这一大堆垃圾场中，其中有文化哲学、宗教和艺术，它任人摆弄和挑选，……你如果不在文本的垃圾（我们的历史、思想和文化）中置身而起，我们就要被各种各样的学说、价值观和说教所压倒。"——是这样吗？显然，黄永砯的思想武器是 20 世纪 80 年代西方涌进的各式各样的哲学理论和艺术观念，他瞄准对他身处的僵硬的现实射出子弹，但是现实不可射穿，如果一个艺术家反过来没有被现实射穿，就说明他已经不是现实中的一员。黄永砯说："艺术本来就不那么重要。"——重要的是什么呢？按照他的意见，或许重要的就是存在本身了。

　　1989 年以后，黄永砯移居法国，当他后来参加重要展览时，他的身份已变成了"法国艺术家"。倘若我们说，艺术是无国界的，是否同样可说艺术家也无国界？黄永砯本人则宣称自

黄永砯
《爬行动物》
1989 年

己是"中国艺术家",因为"中文是我惟一使用的语言"。按照他的一贯做法,他这个"中国艺术家"接下来该向谁挑战呢?

我想提及同样是旅居法国的"中国批评家"费大为的见解,他说:"自 20 世纪 70 年代末以来,当代艺术的基本思想轮廓就不再有大的变动,新的创作只是对这些基本思想的一再翻版和做一些精致化的修正。"……当代艺术在西方经过一个"上升"时期以后,已经触及到了它自己的"天花板"。这个"天花板"是高度的标志,也意味着一种封闭。在此情境下,费大为对当代"华人艺术"提出 10 点质疑:1. 华人艺术家如何去运用和发展自己的独特性?主题,观念,方法或者态度?2. 是直接地搬用中国传统或西方当代艺术的形式手法,还是把这两者转换为另一种艺术?3. 体制建设的重点是策略还是战略?是体制框架的标准化,还是体制结构的创造性?4. 如何摆脱民族主义和地方主义的心理情节使民族文化走向开放?5. "专业"的含义是什么?是技术,批判精神,对艺术和生活的感觉和热情?如果是这三者的结合,这三者的关系应是如何?6. 参加国际重要展览是艺术的目的吗?如果不是,我们从事艺术的目的是什么?除了参加重要展览,我们还有什么事情可做？7. 艺术应该和政权联手，为地区政治服务吗？8. 华人艺术家的创作应该和华人社会现实发生什么样的关系？折衷，折衷，再折衷，以博取西方艺术界的青睐和赞许，还是发现，发现，再发现，去寻找自己的存在？10. 经济的繁荣必然导致艺术的繁荣吗？有钱就能够做出好作品吗？如果不是，艺术繁荣的基本条件是什么？

这10点质疑，把中国当代艺术进入"国际"所面临的困境如实地描绘出来了。或许吧，真正有贡献的艺术家是没有"身份"的，我们追问过毕加索、杜尚、博伊斯是哪国人，属哪个民族吗？

黄永砅的成功之作还有《桥》和《羊祸》。两者都是甚为精致的漂亮的装置作品，至于他代表法国艺术家参加威尼斯双年展的那件戳破展览馆天花板的大型装置《铜牛》，具有石破天惊的效果。比起他早期那些寒碜的仅靠观念取胜的作品(当然，观念仍然是他的取胜法宝，他在作品中贯穿的对文化、历史和生存的思考，发人深省)，大有鸟枪换炮之感……说明艺术家离开强大资金的庇护，离开了簇拥他发展的气候环境，也就英雄无用武之地了。

　　说起艺术家的智慧，黄永砯确实高人一筹，他参加上海双年展的作品《沙器》，可说是典范之作。他用沙子堆了上海滩的汇丰银行的模型，美观但不牢靠……大家知道，上海汇丰银行是上世纪殖民经济的产物，也是上海的标志性建筑之一，《沙器》制作出来了，不过展览之前和之后都是一滩沙子……顺便指出，黄永砯的许多装置作品很讲究"造型感"，让人玩味，让人欣赏，因为它们具有多方面的"美感"，而不像其他做装置作品的艺术家那样，有一种对"丑学"的迷恋和崇拜……

王广义《大批判——柯达》1990 年

王广义

前面所谈的四位艺术家都与真正意义上的"中国当代"很少沾边，因为他们的主要活动是在国外，他们依赖的是"西方"艺术系统，如俗话说的：入乡随俗，或者以《红楼梦》里的话说：反认他乡为故乡——他们的活动空间在西方，服务对象是西方观众，所以，我仅仅把他们当作一个参照，一个对应来阐述。接下来所谈的艺术家，有很多也走向了"国际"，但他们的根基仍然在本土——尽管，依我的看法，在很大程度他们也有"认他乡为故乡"的倾向，但这是他们从策略和发展空间上考虑的事情。

王广义的名字与"大批判"联系在一起。我想一个艺术家确立一种样式或图式，而且这种样式或图式与他人具有不可比较性，那么，他就基本上确立了自己的地位。有一段时期，我对王广义以

王广义
《大批判——万宝路》
1992年

及"大批判"不太在意，觉得无论就图式还是观念，都不"高级"，对所谓"政治波普"这类概念，甚至感到有些反感。这是先入为主的观念在左右我的判断。90年代以后，我对各种现象的关注减弱了，因此敏感度也相对欠缺了。其实90年代以后的艺术，很难以高不高级来衡量，它们强调的是特色，是相互间的差异和区别，艺术家更多地考虑放在建立个人"品种"

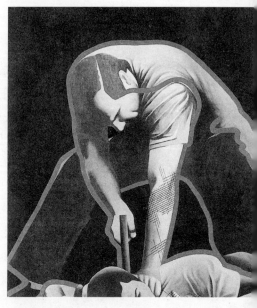

王广义
《大世界——汝要的暴力》
1991年

的特殊性上，越特殊就越突出，越容易吸引更多的目光。这里我要说，特殊性（个性、差异、区别等等）很可能是以牺牲普遍的精深的目标为代价，它是否值得？——巴尔蒂斯说，个性不重要，重要的是共性，我发觉在这个问题上，我与巴尔蒂斯一样显得比较落伍了。

其实，不是谁愿不愿意怎么做，现实的要求就是命令，即如对军人而言枪声就是命令一样。80年代叫反叛，到90年代便称解构，反叛是以一种理想反对另一种理想，以一种终极回答另一种终极；而解构，则是对理想、对终极的全面扬弃。平面化、个人化成了精神的依据，它不仅反映到思想观念上，同样还渗透到艺术的样式中。当我感到眼下的艺术家单薄时，正如我自己也站在单薄的自我意识上——深度消解之后，单薄是惟一的状态。

王广义成名于"85 新潮"时期，他和几个志同道合的朋友组织了"北方艺术群体"，在当时许许多多艺术家群体里（这是艺术变革时期的必然现象，一批又一批的年轻艺术家自愿集合一党，打出理想大旗，或振臂高呼，或激情飞扬——他们之间学说纷杂，名目繁多，是一个既热闹又乱糟糟的时期），"北方艺术群体"比较有条理和实力，这与王广义的出色表现有关（另一位不错的成员叫舒群）。他们反对情感式的绘画方式，不赞同艺术表现实际生活，反之，他们希望借助对孤独和冷酷的渲染，用冷静的观察去把握"事物的核心"。他们与当时很多迷恋"直觉"和"非理性"艺术家不同，他们极力推崇"理性绘画"，并通过一系列作品冲出"北方极地"，走红整个艺术界。

王广义从一开始便以独树一帜的姿态在众人面前亮相，证明他具有作为一个出色的艺术家的基本智质。他的《后古典主义组画》，以及《红色理性》和《黑色理性》两组作品，突出他在智力与思考上的轮廓，比起一般读了几本西方译本便漫无节制兜售"思想"的艺术家，他是高出一筹的。

不能说王广义表达的东西没有生硬之处，我相信，当代中国的任何一位艺术家都难做到纯粹和完美。但是相对地说，王广义已经将自己的优势全部发挥出来，做得够好了。对他的微词也罢不满也罢，实质上是无法证明什么的。

王广义
《大批判——万宝路》
1992 年

他说："我的艺术活动曾涉及过有关信仰、崇高、偶像等问题，于是有人把我称为一个具有崇高精神的理性主义者，当我后来又搞了些别样的作品，又有人怀疑我是一个信仰阙如的人，一个文化虚无主义者。其实艺术家就个体而言，他仅仅对艺术在社会结构中生效法则负有责任，有如运动员对田径场上的规则负有责任一样，其他问题不过是社会学意义的外围

王广义
《大批判——TANG 果珍》
1990 年

描述……将普遍性的带有抽象的人性完善的东西与具体的学科规则混为一谈的作风是非常有害的，因为它将导致人类智商平均值下降。"——这倒是深得吾意的。我很讨厌把艺术家当成表率或榜样，艺术家的理想和信仰就是他们落实在艺术上的态度，这一点是毋庸置疑的。

因此，用这样的观念来看待《大批判》就容易理解得多。了解当代艺术史的人都该知道，所谓波谱艺术，是发达商业制度语境中一种艺术系统，它既不反对什么，也不确立什么，它仅仅是艺术家表证自己为艺术家的活动形式之一。一切有关"波谱"的意义，都是额外的添加物，正如安迪·沃霍"15 分钟出名"的说法是很好的注脚那样，波谱的意义就是它的无意义，波谱艺术的关键不在艺术，而在波谱。

创作《大批判》来自哪方面的启发，或许作者本人也说不清楚。不过作者的聪明是一目了然的。《大批判》几乎谈不上油画技法的基本要素，作者把"文革"时期的政治符号顺手拿来，糅合当下的商业广告，再用橡皮图章随意印上些数字，竟然成了当代艺术史上最具影响力的作品之一，说明当代艺术的谜底并不难解，像前面说的，谁首先发现谁就获得专利……

《大批判》被冠为"政治波普"，是与中国的特殊现状一致的。文化大革命是中国人曾经的噩梦，而大批判则是当时群众运动的思想武器，很多人在《大批判》中寻找政治解说，寻找社会学意义上的依据，是出于某种思维惯性。如老外们用以填充他们对当代中国的想象空缺，对其进行政治的胡乱猜测一样，与作品本身关系不大。反过来说，正由于这样的"郢书燕说"式的误读，造成了人们对《大批判》在意义方面的认同，也使它获得了实惠的市场空间。王广义坦承："我的《大批判》可能是在背景材料和'个体性话语'之间建立了一个误读和延异的陷阱。……挖陷阱先于'个体性话语'，也可以说，是干活先于思想。"

而他的另一个特别牛皮的说法是："我不想看到几年后我的祖国用巨资从国外将我的

作品买回来的悲剧。"

　　我想继续强调这个观点，不要用"艺术"去要求当代艺术，很多人论及"艺术"时，讲的是对"艺术"的固有概念，它实在不适合拿来测量和度衡当代艺术。另外，艺术史上的任何例子都说明不了问题，因为当代艺术是在不断的生成过程中，是在不断变幻的新观念的层层覆盖之下……当然啦，当代艺术在漫长的艺术史长河中不过是短短的瞬间，它不一定能够留下醒目的纪念碑式的作品，但是它彻底改变和更新了人们对于艺术的看法。

方力均《第二组 NO. 11》1992年

方力均

在纪念林风眠百年诞辰的会议上，我的耳朵里灌满了千篇一律的颂词，此外还不时听到一个重大主题：中国的艺术家负有振兴民族艺术的重任——这是确实的，从徐悲鸿、林风眠、刘海粟这些老一代艺术家开始，中国艺术界始终潜伏一根主线，即艺术家要为振兴中国的民族艺术服务。而当下一些艺术家的现实心态已发生了根本的变化。譬如像方力均这一类人，还能用任何以往的词汇去衡量么？听听他是怎么说的吧："人说艺术家是人类灵魂工程师，难道人的灵魂不是生来平等的吗？这特别牵强、太做作、太狂妄。另有人说艺术品不过是艺术家的排泄物，这话听来不入耳，却很恰当，人们正是从这排泄物中看出你是否健康，有什么病，正像医生从病人排泄物中看到的一样。"这种痞气十足、香臭不分的话出自一个艺术家之口，你以前想过没有？这种角色的转变惊不惊人？

的确，方力均在中国艺术界的崛起带有传奇色彩，在"崇高"受到现实的肆意嘲弄之后，180度的反拨有它的合理性，符合人们犹豫、彷徨和失去立足点后的心态。方力均们被批评家栗宪庭称之为"泼皮"和"玩世"两种形态，是比较准确的。很多时侯，我为这个问题伤脑筋：为什么有的艺术家这样而不是那样"搞艺术"？在同一种形势同一个环境下，艺术家的不同表现是天性使然，抑或其他？如果说是 1989 年后的社会现实在起作用，这是头脑简单的人的偷懒解释，显然，艺术形态与社会现实不是单一的对应关系。

方力均
《第二组 NO. 5》
1992 年

栗宪庭指出："泼皮群体与前两代艺术家发生了根本差异，他们既不相信占统治地位的意义体系，也不相信以对抗的形式建构新意义的虚幻般努力。而是更实惠更真实地面对自身的无可奈何。拯救只能是自我拯救，而无聊感，即是泼皮群体用以消解所有意义枷锁的最有力的方法。"——是的，栗的分析在社会学角度上站得住脚，栗本人一直是中国最精彩的艺术社会学的批评家。

属于方力均一群的还有刘炜、岳敏君、杨

少斌等等，有人把刘小东也拉进来，我觉得牵强，刘小东的精神取向与这帮人相近，但他身上的学院气息使他多少还维持些"学养"，不至于赤裸裸地展示泼劲和痞气。

方力均对待艺术的态度与当时的"主流"画风完全是两回事，这有点像王朔在文坛的处境，都在想方设法给他们认为的道德理想上泼一盆脏水。方力均毫不掩饰地说："你见我希望过吗？为什么我们是失落的一代？这是扯淡。只是因为别人想让我们像他们希望那样思想、生活，好像我们像只他们养的大肉鹅一样满足他们的私欲。而我们却偏不。既不按他们规定的模式生活，又不拿他们一样的俸禄，却又偏偏不饿死，比他们更有钱，更愉快，有更多的女人，有更多的时间扯淡，看风景。于是我们就成了失落的一代人。其实从人家心底里这是该枪毙的一代人吧。"听听，

方力均
《第二组第六幅》
1991－1992年

与王朔的调门像不像？

方力均在学院时学版画，以后弄起油画来，反倒成全了他的特殊画风。他的画初看之下鬼里鬼气，一群大光头，百无聊赖打着哈欠，挤眉弄眼嬉笑，表情怪异地凝视……一个老外对我描述，在方的画室，望着周围满墙的这样的作品，一抹抹生猪颜色的人像，蓝天和海水，心里惶惶然，感到刺激很大……

正是方力均置"油画技法"于不顾的做法，使他获得表达的自由，这是所谓歪打正着在艺术家身上的又一事例。方力均摒弃了学院方式，按照自己的理解去作画，一定程度上，他的画风在中国当代艺术家中算得上最富个性和独创性的，不管你喜不喜欢，接不接受，他的图式已经成为人们印象中的典型。在他之后，一批小方力均蓬勃而生，光头、怪相、原色之类。他还真了不起，就如王朔，读其小说，总感觉太单薄太没东西，但是他竟然成了公众人物，呼风唤雨，牛皮得不得了。我的一位写作的朋友说，有时候，简单就是力量。这句话令我震动了大半天。我发觉有只粗鲁的手拍拍我们的脑子确实是管用的，因为我们麻木得快像石膏一般了——请注意，就我本

人而言，不会喜欢简单和粗糙，我喜欢复杂和丰富，喜欢庞大和神秘，等等。因而我不会屈从任何人云亦云的论调，简单就是简单，粗糙就是粗糙，就像狗屎就是狗屎一样，我不管里面隐喻了什么包含了什么。

方力均
《第二组 NO. 2》
1992 年

　　方力均用不少原色来涂他的画面，不顾及色彩的调和，不讲究层次和丰富性，一切手段为他的主题服务。他说："我用生产商原本的肉色画人的皮肤，假如观赏者在视觉上感到荒唐，那么，这是否提醒我们，有些我们认为既定的想法是多么荒唐。因为全世界的颜料商之所以将肉色调成这样，是因为全世界绝大多数的人都认为肉色是这样的。"这便是他的逻辑，可能也是另类艺术家特别的逻辑。没有什么不好的，艺术家有各种理由和各种辩解，但真正的理由和辩解只能是他的作品。除去精神取向上的显著特征，方力均的渲染作品气氛的手法上显得松弛而大气，形象的无个性及形象的丑陋，一旦变成了人们认可的符号，人们在其画面上就能够得到某种戏谑他人和戏谑自己的乐趣。

方力均所画的大多是周围的朋友和他本人，这是日常化的题材，与主流意识形态的艺术思想毫不沾边。个人化、私人化这些个在艺术领域也在文学领域是争论的热门话题。它体现出不同的人对文艺功用的不同看法。或许方力均

方力均
《第一组 NO. 2》
1990 年

们只是红旗下一个不大不小的蛋，与经典差得远——没关系，我想他自己也没把自己推到这个位置上。

张晓刚《大家庭 NO.3》1996 年

张晓刚

北京批评家易英用他火辣的笔调写道："少数几个政治波谱（也称泼皮现实主义）艺术家在商业上的成功实际上使他们成为在中国先富裕起来的新贵，这样就出现了一个有意思的现象：他们越在中国保持一种边缘的身份，就越能获得西方资产阶级的金钱，越获得金钱就越在中国过上资产阶级的生活。无论如何，成功的政治波谱树立了一个榜样，促使更多的艺术家投入其中。他们到处收集政治符号、政治表识、领袖形象、钱币、军人、警察等，甚至包括普通中国人的形象，经过波谱化的丑化处理后，都可以成为政治波谱，然而目的只有一个——追求金钱。但是，在西方某些人看来，这才是中国'反抗艺术'的代表。"姑且不论易英的表述是否过于绝对化，该追问的是，中国当代艺术是为中国自身制作的，还是为西方度身定做的？——我们的确看到西方开出越来越多的各种各样

张晓刚
《大家庭 NO. 10》
1996 年

的订单，而中国艺术家更是趋之若鹜、争先恐后，把领到进入西方的入场券视做最高奖赏。因此，我曾极端地说过中国不需要当代艺术。解释一下，"需要"的含义应该理解为"消化"、"吸纳"、"接受"的意思，不消化、不吸纳、不接受，"需要"就成了乌有。

当然，我很反对把艺术家的个人道德当作评价标准，很反对传统的道德文章——这方面的苦头我们吃得够多了。我只相信一点，人不能拔着自己的头发飞起来。

张晓刚
《大家庭 NO.2》
1996 年

有人曾对我说，张晓刚的东西其实与"政治波谱"和"泼皮"差不多，不过是以兜售"民俗"及"中国符号"为手段，目的性不言自明。这样的说法太过粗糙，按张晓刚自己的表达看，他喜欢的恰恰是"封闭性"和"私密性"，与公共的言说无关。他说：我

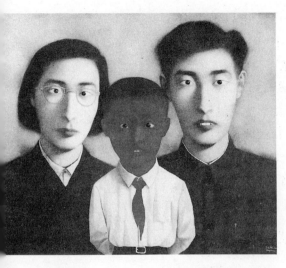

张晓刚
《大家庭NO.8》
1995 年

的艺术感觉常常会以某种"内省独白"的方式流淌出来，无论从早期的"梦幻系列"到"手记系列"，还是到目前的"家庭系列"，都离不开那种"内省"和"私密"的基调。……艺术首先应当是个人的，然后才是公共的。——我赞同这个简要的观点，因为它是被创作实践印证的。

我比较喜欢张晓刚的《大家庭》系列，尽管看多了也有点腻烦。一个艺术家翻来覆去画那些形式几乎没有区别的东西，是靠何种内力在驱动？曾有一位艺术家很不以为然道，还不是因为市场好！我想起达利说过的：我的笔是用来开拓金矿的镐斧。——这是坦率的表白，然而，我们不被达利充沛的创造力所征服、不被他孜孜不倦追求艺术完美的行为感动么？张晓刚作为90年代的桂冠艺术家之一，断不能用市场二字轻描淡写地概括。他那种看似简单的图式（又是简单！），具有一种特别的吸引观者目光的趣味，而这种趣味中又潜伏着意想不到的冲击力，它与生活相平行，——但这不是实际的可触可摸的生活。依张晓刚本人的说法："1993 年我刚开始画《全家福》时，是基于被旧照片的触动。我无法说清楚那些经过精心修饰的旧照片，究竟触动了我自己的心灵深处的哪一根神经，……经过 一个阶段后，我才逐步认识到，在那些标准化的'全家福'中，打动我的除了那些历史背景外，正是那种模式化的'修饰感'。其中包含着中国俗文化长期以来所特有的审美意识，比如模糊个性，'充满诗意'的中性化美感等等。另外，家庭照这一类本应属于私密化的符号，却同时也被标准化、意识形态化了。我们的确生活在一个'大家庭'之中。"

张晓刚分析了"85 新潮"的现象之后指出：许多艺术家（也包括部分批评家）如众所周知的那样，都带有浓厚的反叛精神。当时谈论很多的"自我"除了个人情绪的发泄外，更多地带有社会变革的渴望，一批以"反叛者"面目出现的作品，其感情真挚的内涵与毫无个性的外在形式组成一种富于冲击力的矛盾力量，而艺术语言常给人某种"外模仿"的感觉。1989 年以后只剩下一小部分固执的艺术家沉潜于自己

的心灵，对当代世界文化的进一步认识使他们
不断产生出建构中国现代艺术的渴望。但对一
个中国艺术家而言，常有一种无从下手之感，
我们只有在价值的崩坍和熊熊燃烧的信念里，
进行不断地调整，对自己挚爱的主题进行再认
识，这也许是一个成熟的开端？在我的理解中
是一个"内模仿"的过渡时期。

他说的很有水平，特别是"感情真挚的内
涵与毫无个性的外在形式"这一判断十分到
位，说明他勤于思考并且擅长表达。然而，什么
是"内模仿"呢？——这是解开他作品密码的钥
匙吗？

从表面看，张晓刚的《大家庭》系列没有从
任何已成的艺术作品上剥取表现技法，他仅仅
是"模仿"照片，而且还是有些年头的旧照片。
他笔下的人物没有个性，表情默然，目光冷凝，
一个个灵魂出窍的样子，仿佛萦绕着阴森森的
鬼气……在一片灰蓝的色调中，偶尔突出一黄
色或粉红色的人脸，和一两块刺眼的光斑，并
且在人物之间穿插着细红绳。——在当代艺术
中，多数艺术家是反技法的，他们注重观念，以
观念的独特和新颖取胜。张晓刚用了很薄的颜
色和几乎平涂的方法，画面谈不上什么油画技

巧，与"月份牌"区别不大，这种图式成了他的真正法宝。张晓刚属于那种咬住一个地方挖井的艺术家，不断地挖，试图在同一个地方挖出更多的意想不到的财宝。

一个艺术家搞一辈子艺术而没弄出自己的个人图式，肯定是失败，但是当他的图式确定之后，反过来成了他不能自拔的陷阱，是不是另一种失败？

是的，到目前为止张晓刚走完了他的一半路程，接下来他该借助什么来走完还剩的一半？——是靠形式的革命，还是靠思想的营养？

他说："对于那些始终执着于自己的感情和价值观的人来说，艺术与生命本来就是一种血与肉的关系，……到了今天，许多年轻艺术家步入了中年，生存境遇

张晓刚
《大家庭 NO. 7》
1995 年

也逐渐变好,脑袋里装满了许多关于艺术和人生的经验和知识,但是他们对待艺术的基本态度仍一如既往,在现实生活中,仍然是一只荒原狼。苦恼也罢,不平也罢,在那长期岁月中逐渐萌生出的信念,使他们学会了如何从孤独中受益,如何在地狱中把握生活的真实,欢乐和痛苦都超越了生活行为本身……真正的艺术家,艺术品,往往来自于孤寂,来自于对现实的反抗,来自对我们时代各种矛盾的敏锐感应和深刻认识。"

——这或许是张晓刚步入"中年"时的内心宣言,时间悄悄地流逝,他没有再表达过同样的观念和思想。那么,现有的艺术成品就成了他的惟一的代言者。正如他自己说的:"不论你从什么样的角度出发,最后的问题还是要落实到一种方式上,落实在作品上。"

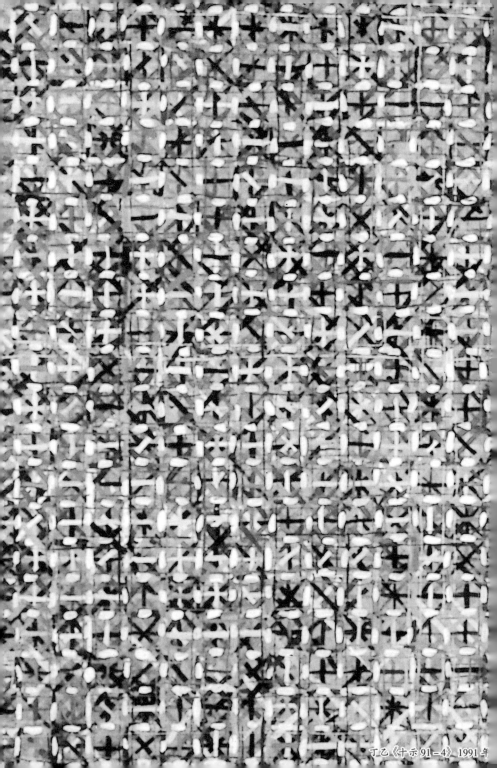

丁乙《十示 91-4》 1991年

丁 乙

一位展览策划人这么说过，上海的艺术家中怪才多，这一点我相信，因为上海不属于那种产生大气象大制作的地方，艺术家们被这样的地气所感染，构思精巧，想法奇异，方式独特……这些全是有的，但是要求波澜壮阔、气势撼人就勉为其难了。不过我倒以为，艺术家中的怪才也是难得的，怪才里的大师和大家也不少。不知哪个老外激动地声称，丁乙是中国当代最棒的艺术家，大概这个老外是格林伯格美学思想的信徒，戴着一副先入为主的有色眼镜看待艺术。——我见过不少，动辄声言某某最牛皮，某某最狗屎。

或许，每个地域都会分泌出某种类似细菌的东西，侵蚀人的思想观念和感觉方式，否则我们就不会见到各个地域的不同色彩。我总觉得上海、南京这些地方有一种文化上的温和心态，或称中庸心态，不那么激进和大刀阔斧，无法

丁乙
《十示 91 – 7》(局部)
1991 年

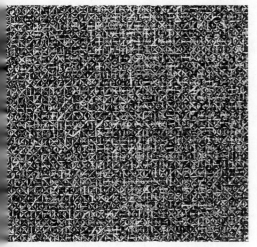

成为"前卫"和"先锋"的前沿。上海和南京有一帮从事当代艺术实践的艺术家，他们掌握好了相当的适度和火候，破坏性很小，很难奏响一往无前并铿锵有力的进行曲。他们的作品类似摇滚乐中的"软摇滚"，是抒情的、优美的和富有温情的，也算是一种特有的境界。

丁乙
《十示 91－3》
1991 年

在中国当代艺术领域，很少艺术家像丁乙那样持之以恒地进行抽象画的实验和创作，最终凭了最简单的图式而成为众人眼里不可或缺的人物。

丁乙早些年弄过一段时间的表现主义，一些立体派之类的样式，1988 年后开始用丙烯颜料在画布上或纸上画起"十示"来，但那时的"十示"似乎在表达作者的"思想"，体现作者理性上的满足感。他说："十示系列之与我，像是草稿纸上作精确计算所留下的全部公式的痕迹，它非常类似埋首计算的结果展示。"要将抽象的"十示"加以阐释是困难的，因为视觉不是思想，一定程度上视觉本身取代了一切，我喜欢丁乙的一个说法："我需要繁杂的结构所导致的预计性的视觉混乱,我希望观者得病。"

了解西方艺术的读者不难发现,丁乙作品的来源在哪里,因为中国当代艺术是迟到的班车,所有风景都留下了别人踏过的足迹,如果我们举出很多有关中国艺术家的学习经历,会发现艺术的原创性确实不易……而没有这样的原创性,它就要被迫打掉不少折扣。

丁乙以他英雄式的耐心画他的小"十示",用的全是简单的材料:粉笔、木炭、丙烯、瓦楞纸、成品方格布——特别是近期,大量运用现成的方格布料,加上很简单的笔触,完成他无可争辩的"专利"产品。

丁乙
《十示91B–3》
1991年

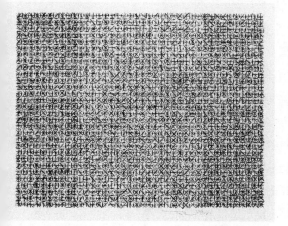

丁乙日复一日,年复一年地坚持着,他的成功依赖于他对艺术的偏执认识——显然,艺术家的偏执几乎是一种天然的财富——生活中的偏执被看成反常,以弗洛伊德的见解,是精神病的一种反射。无疑,从一个人的作品可以窥测他部分的

日常生活，把握他的情趣及追求。我们能设想丁乙是个很简单的人吗？——他的艺术的确简单到了不能再简单的程度，是不是再重复说"简单就是力量"呢？简单是丁乙自始至终的自觉，在此中，他没有试图要我们给予更多的论说。

丁乙排除了我们欣赏绘画的有效原则，挑战我们的视觉习惯，他将我们排斥的东西当成追逐对象，他多多少少矫正了我们的狭隘观念……是啊，有的艺术家就是这样，在和风细雨中征服了许多……

我与丁乙不过一两面之交，很自然地就把他的作品和他这人联系到一起。有时候，作品和作者反差极大，有时候，两者之间天衣无缝。我更喜欢画如其人，人如其画——里面没什么道理，这样的单向关系似乎令人省心，用不着猜度，而且似乎更真实一些。

当然，丁乙的作品在有限的范围内力图变化——请读者注意，变化不是他的特长。90年代以来，丁乙的图式几乎完全凝固，丁乙的"十示"成了永远的"十示"，这样的极端勾画出他彻底的自足的立场。我读到一些有关他作品的评论，谈了很多深奥的道理，觉得文不对题，——事实不是这样，或许每个人眼里有不同的

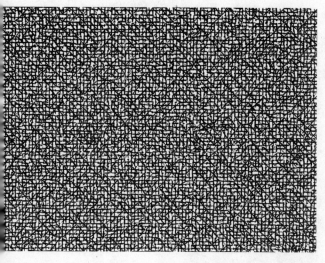

丁乙
《十示 91－16》
1991 年

丁乙，是的，我以为丁乙一点也不深奥。

丁乙 在 1991 年说过如此的话："有关我的作品中色彩的随意性及秩序性的惟一解释，就是希望重现自然中色彩的原样：色的平庸、闪烁、光芒，及色与色的并置所产生的新颖。"许多年过去之后，他栽下的种子已经成材，但是他仍然乐此不疲地灌溉和施肥，是指望长成参天大树呢？还仅仅是行为的惯性？他在另一处如此说道："我想在我所做的工作中用更直接的笔触来讲述关于绘画的精神素质。不带遮盖，也不思想技巧，只是用口语形式一字一句地把我面对的问题讲清楚。"——确实，他的画面交代了这一切，也就是他的本人与他作品之间那种本分的一致关系。

魏光庆

在吕澎的《1990—1999 中国当代艺术史》里，把魏光庆列为"政治波谱"艺术家，吕澎写道："魏光庆没有像王广义那样从政治化的符号中提取主题，而是对历史和道德题材方面感兴趣，这表明了魏光庆的特殊敏感性。"

另一些批评家则将魏光庆命名为"文化波谱"，祝斌、鲁虹是这么写的："如果说在关怀现实与现成视觉符号上，魏光庆的追求颇与波谱艺术相同，那么应该说，在具体的实验方案中，魏光庆所提出的文化问题与表现方式则明显不同于波谱艺术。首先，从特定的社会与历史情境出发，画家有意识地偏离了美国波普以商业文化作为主题动机的方向，转而将传统文化当做了自己艺术作品的主题动机；其次在艺术表现上，魏光庆主要是选用传统文化中的视觉符号，并且常常将其与现代视觉符号、文字符号结合，为的是利用人们的视觉经验去领悟现实与历史的关连性。"

波谱移植到中国其实已经变了气味，我们称安迪·沃霍是什么波谱？汉密尔顿又是什么波谱？

——当然，波谱的界定，即使在西方也是众说纷纭、一锅乱粥。以英国批评家史密斯的意见，波谱艺术是工业化社会的一种伴生形态，是技术先进的社会强加给落后的社会的一种视觉语言——他说的先进是技术，落后则是与技术不平行的观念及观看的方式。所谓"波谱之父"汉密尔顿认为，波谱艺术即是通俗的、短暂的、低成本的、可放弃的、批量生产的、诙谐的、噱头的、刺激的、年轻的、大企业式的，等等，所有这些构成了技术社会的特有性质，与其相适应的艺术即带有技术社会天然的消费性质。波谱就是大众，而大众则是消费的主体，这似乎是一个合理的循环。

就是说，波谱在很大程度上不是让人们去追寻意义的，它不考问什么，也不追究什么，仅靠对日常经验的呈现作为艺术活动的依据。这样，所有附加的东西便显得牵强和多余。

"政治波谱"也好，"文化波谱"也好，都是中国当代艺术中的一个个"事件"，它们既是现象又

魏光庆
《红墙——读书须用意》
1998－1999 年

魏光庆
《红墙——十
年窗下无人问，一
举成名天下知》
1998－1999 年

(如下天名成举一问人无下窗年十 / CHINA)

是原材料。日本批评家千叶成夫的观点可以作为参照，他指出，前卫艺术的重要原则是从现实的根本问题出发；另一方面，作为一个前卫艺术家，还必须将自己提出的文化问题转换为十分具体的艺术问题，并予以成功地解决。"中国的波谱"若合理地存在，那么它肯定包含了处理中国现状的努力。魏光庆说："当代艺术是一种关注社会、历史、文化的艺术，可以说，在当代艺术家那里，所谓艺术语言只是表达的手段，它决没有自身的意义。因此这就涉及到了两个衡量艺术的标准。第一，你要看这语言是否准确地揭示了画家要表明的文化问题；第二，你要看这语言是否具有特殊的感染力。"魏光庆比较执着，他在图像之外还力求解决"文化问题"，——这与王广义"清理人文热情"的用意形成了对照。王坚决地说："我们应当抛弃掉艺术对于人文热情的依赖关系，走出对艺术的意义追问，进入到对艺术问题的解决之中……"

艺术问题是否孤立地存在？或许每个艺术家有自己的答案。在魏光庆那里突出了"文化问题",而且只要拿到这把钥匙,便会打开艺术殿堂的大门,用他的话说,创造也好,借用也好,那是无关紧要的。——紧要的是他提出的以上两项标准。

魏光庆的《红墙》系列奠定了他在中国当代艺术中的地位。说来奇怪,几乎所有脑子灵活的艺术家,都一无例外地喜爱运用中国特色的视觉符号,无论是历史的还是现实的,无论是民俗的还是现代的,一把抓来为我所用,而且总能获得或大或小的成功。这说明艺术家在考虑"艺术问题"时,没有忘记"现实问题",他们在想像力受阻的当口,直接从现成品中寻求出路,不失为一条平稳之途。但我有些怀疑,运用传统也好,民俗也好,现实材料也好,都突出了艺术家刻意的自我装扮的意图,是为构筑独特性而选择了独特,如此一来,便画地为牢给自己打上句号——发现视觉符号的那一天,也就是创造力终止的那一天。还有,我不喜欢艺术家卖弄"我们"的家当,就如没有能力寻求发展的人卖弄家族的存货一样——这方面,我见到弊端很多很多。

《红墙》的题材取自理学大师朱熹的经典《朱子治家格言》和《增广贤文》,这是魏光庆的一个有意思的构想,——不过顺便说一句,如果读者不知道这两本书，甚至连朱熹也不知道，自然会削弱对《红墙》的体味。所谓理学，宣扬的是"存天理，灭人欲"，倡导的是"三纲五常"、"三从四德"这些封建伦理道德。鲁迅讲的仁义道德中藏着"吃人"二字，便是指其一。"吃人"的伦理道德比法律严酷，它深入到社会的每个角落，直插每个人的心脏，是"诛心"之说的来由。魏光庆将明清的插图版本《增广贤文》直接套用，照原样绘制，他把我们引向与现实毫无关系并且煞是陌生的荒地，它已不是历史，不是有内容的故事，而是一种图式，仅仅是一种图式。为此我不同意有的批评家从中挖掘更多的含义（祝斌、鲁虹写道：他以对历史进行反思的方式去关怀现状。他似乎想提醒人们：一切现实问题都是历史问题。任何对现实问题的解决，都必须从对历史问题的清理开始，否则我们就会重踏洋务派的老路），他们实际上是在自说自话，给作品附加意义的同时，也使得作品严重缩水。

魏光庆
《红墙——贤女敬夫》
1998－1999 年

——当然啦，魏光庆不可能全然不顾作品的"含义"，要不怎叫做"文化波普"呢？艺术家之思考，与我们对作品的感受可能大相径庭，况且我们面对作品时，艺术家是不在场的。读者不需要读出《红墙》的含义，它不重要——重要的是作者直接套用了这样的图式，我们觉得好玩，觉得有趣，觉得视觉的新鲜感，这就足够了。我们脱掉沉重的含义的外衣，才能以"我在"的方式和心态领略作者的聪慧，把他

魏光庆
《色情误——
第88回》
1994年

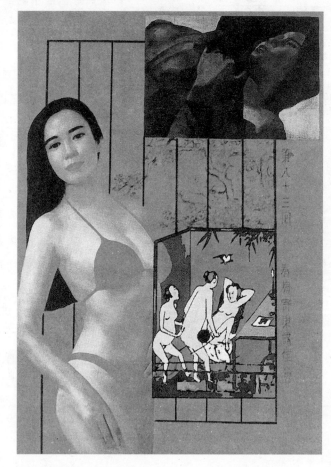

的聪慧当作我们的享受。

《红墙》简明扼要地表露了魏光庆的用意，告诉我们，他好不容易找到了一条自己的路，一个自己的独特符号，他终于有了立身之本。说到底，这是一个思路的"专利"（我又讲到专利了），制作是不费脑筋的：一堵平涂的红色砖墙，加上对明清木刻插图的描摹，没有绘画基础的人也能胜任。有时候我会想入非非：假使是我首先获得那些"专利"，譬如丁乙的小"十示"，魏光庆的《红墙》等等，多棒啊！因为制作上的事实在太容易了，容易的事谁不愿意沾边呢？

魏光庆拥有了《红墙》之后再做其他的活儿，相对就有了更多的自由，我们不便多多地苛求他，相反会以宽谅的态度看待他别的作品。有关魏光庆的故事在《红墙》里结束了，但是他本人还在继续，或者开始另一则故事……

叶永青《爱情休克》1997

叶永青

叶永青深情地说过:"一个画者的幸运在于:能够将他的渴望用形式表达出来多多少少;他的不幸是,不能把渴望毫不遗漏地表现出来。这种饱含甘苦的体验在引导我们前行……一个艺术家的本领就在于组合感觉而使之成为艺术品。"——这似乎与他长期以来在创作之途上跌打滚爬的处境很贴切。以栗宪庭的说法,叶永青身上有一种感伤的东西,按我的引申,感伤是浪漫主义情调的底色,我看到他作品中的某些类似的因素,从本质上说,一个艺术家,不管他是古典的或是当代的,他的精神气质应该是固有的和恒定的,如果他真实地袒露自己,那么无论他在何种文化语境中,都不会抹杀个性,成为潮流和时尚的陪衬甚至牺牲品。

当代艺术家似乎获得了他们梦寐以求的自由,可以任意妄为、随心所欲做任何事,——就如陀斯妥也夫斯基指出的,没有了对上帝的信仰和信仰的约束,便什么事都可以去做——结果,这样的自

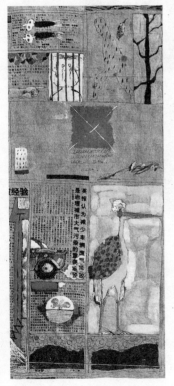

叶永青
《浪漫休克》
1997 年

叶永青
《国庆节》
1997 年

由是对自由的毁坏。自由问题放置在艺术中，其功效与创作本身是共在的，换句话说，没有一个艺术家愿意放弃自由转而变为对象的奴隶。我们回到卢梭那句名言：人生来是自由的，却无往不在枷锁中。但是，我以为在很多时候，自由就是枷锁，因为，扛着自由枷锁的人表面上自由自在，可以做一切，但却什么也做不了，——他被自由禁锢了，成了自由的奴隶。博伊斯说人人都是艺术家，是愿望的泛指。马克思早讲过，到了共产主义社会人人都是艺术家，其实这不是个真命题，——它在现实中无法生效。北京批评家朱青生写了一本名为《没有人是艺术家，也没有人不是艺术家》的书，我觉得绕口令的成分居多，他仍然摆脱不了艺术家与艺术之间的现有关系，即，艺术作品是由名叫艺术家的人来完成的，而艺术家在眼下（包括以后漫长一段时间内）是专门的"职业"。

或许，创作、参与、欣赏等构成了当代艺术的一个整体？然而，这同样没有证明什么。抽象地谈论艺术，正如抽象地谈论自由一样，不会有结果。我发现许多从事艺术的人面对什么都可以"搞"的现状，真是无所适从，他为何去"搞"？"搞"了有什么用？"搞"这个或那个意义何在？是啊，当你面对自由的同时，也面对着无所适从。弗洛姆不是写过一本叫做《逃避自由》的书吗？它为我们提供了思索问题的另一个侧面。

叶永青早些年弄过一阵水墨和其他方式的东西，90年代后开始逐渐形成自己较

叶永青
《飞鸟和笼子》
1997 年

为稳固的风格。一些批评家称他为"稳健的"和"有节制"的艺术家,是有一定的道理。这位"老哥萨克"一直坚持用自己认定的语言说话,腔调没有随潮流变化而变化,——虽称不上以不变应万变,但基本上属于在某一地方扎根很深并且枝繁叶茂的艺术家。

有一个阶段,不少艺术家用拼贴、并置、综合、复印、以及各种材料的运用作为手法,试图两方面讨巧:一是继续利用已经学到手的绘画技能,不至于浪费掉;二是取得绘画之外的进展空间,努力与"创新"的风气相一致。谁都害怕掉队,谁都不承认自己保守,因此,最符合他们现实可能性的就是将绘画性与当代性糅合,——无论是主动的误取还是被动的迎合,以上的办法不失简便的权宜之计。

叶永青的图式具有一种空灵的飘逸的气息,非常和谐和抒情,类似于中国文人画里的审美趣味,曾有人戏称他是前卫艺术家里的文人画家,倒真是一语中的。在他那里,看似不相关的东西被并置起来,错位也好,交叉也好,都被他突出地赋予了某种叫做诗意的意境。而在画面的"绘画"部分,可看出他极是内秀的性灵,这就难怪栗宪庭认为他"骨子里是诗的或是才情的"。

叶永青有一个阶段向着"波普"靠拢,《大招贴》是其一种试探,我觉得他心智不属于大开大合的类型,他不适宜于乱折腾,只有当他从焦虑的情绪中安定下来,从急急匆匆的行走间停住脚步,才能深思熟虑地做他自己的事情。对历史、对现状、对文化、对艺术,用不着以泰山压顶的沉重感去面对,艺术家的思考终究有限,作品才是一切。

他说:"历史和现实不是问题,未来的世纪也不是问题,我们是问题。我们,随时都在和'他人'以及'他人'的思想相遇的个人,不知不觉地把自己放在困难的位置上,把自己变成问题的内容。"我不明白,他说的"把自己变成问题的内容"意指什么?但是我有把握说,他的创作因对"问题"的认识而跃过了一个艰难的高坎。

本雅明在论述资本主义时代的抒情诗人时,强调了诗人的"边缘性质"以及他们对现实的"立场"。在本雅明之后,"漂泊"、"边缘"、"居无定所"等等一直是这类批评家口中的颂词。正如本雅明本人说的,优秀的文学作品,不在现存的文学秩序中产生,因为在这样的秩序中,只有一种叫做习惯的东西。习惯如果成为惰性，对于艺术家就是灭顶之灾。叶永青说："我的生活常常被我像候鸟般地迁徙于几个城市弄得居无定所和四分五裂。我作画和搞作品也是打一枪换一个地方，我的作画方式和工作习惯乃至作画工具、材料都很'业余'，在'画家'这个职业中，我的选择也日趋边缘。近几年，我的兴趣也是零零星星，有时候我会有一种幻觉：我在丝绸上罗致和堆砌的这些碎片式的图像和日常之物，举手一挥，便满地鸡毛飞扬而去，仿佛这一切都不曾存在过。这些中不中、洋不洋、今不今、古不古的东西，实在是生活中的不堪和无奈。"我理解"老哥萨克"队伍的分化的必然，也正是因为这样的分化，导致了精神和作品的相互间的对应关系。叶永青身上的浪漫主义情调致使他掉入自己的感伤之中，这是好的，不然我们如何能够看到一种既具当

叶永青
《老王遇到的鸡毛蒜皮》
1997 年

代性又富有诗意的作品？

栗宪庭这样评价道：叶永青"尽管伤感，但他还是在作品中，试图把中国文人画对书写性、油画对笔触的感觉、版画的印制感觉、涂鸦的随意性感觉等现代与传统艺术中的多种手段融会贯通。并在符号、技艺、材料的选择上，超越文化的种族、身份、地域的局限，在历史、时间与空间的多种因素中，寻求一个和谐共处的世界。"

老栗的评价实事求是——若让我补充的话，我宁愿沿用叶永青自己的说法：这些中不中、洋不洋、今不今、古不古的东西的艺术品质如何？它事实上在向我们提问：它能否成为当代艺术史中的一份有分量和说服力的答案？我想说明一点，对艺术家的当下评价其实比较简单，你喜欢什么不喜欢什么，可以按你的观点表白，然而作为批评家的天职之一，如何认真地实事求是地书写历史就不那么容易了。

周春芽《绿色的黑根——名牌时装》1997

周春芽

在我选择这些当代艺术家时，始终环绕着一个令我头疼的问题："当代"如何从"过去"中凸出来？——显然，当代不是从半空中生长的，不是无中生有的，它的根基仍在"过去"。许多艺术家似乎已与"过去"彻底告别，有点挥挥手不带走一片云彩的味道，——这种情况是存在的，特别是那些从事非绘画性创作的艺术家（观念、装置、摄影、计算机等等），他们似乎在形式上离开了"过去"，与"过去"一刀两断了。——这是表象，是不足为据的——无论如何，他们仍然以人的行为方式与"过去"联系。而另一批仍然称之为画家的人，则更具言说性，因为绘画这种古老形式不可能彻底刷新，那么，他们是如何在绘画这一方式的天然限制下突出其"当代"特征的？

与朋友们谈论当代艺术时，老会遇到这些问题：一、当

周春芽
《绿色的黑根——月下情》
1997 年

代艺术的界定;二、当代艺术中绘画的"当代"性。第一个问题,我的回答是这样,所谓当代艺术是指传统艺术中没有的不存在的一切艺术类别,包括观念艺术、装置艺术、摄影艺术、录像及计算机艺术等等,它们完全是当代社会的产物,是在传统艺术中根本无法想象和无法实现的艺术样式。第二个问题,绘画中的当代性是指它区别于传统绘画的已有因素,经过一系列改造、强化和夸大之后所获得的全新效果。当代绘画的基本特征依旧是具象和抽象两大类,但是具象也好抽象也好,表面样式并不说明什么,照相写实主义和抽象表现主义之间,几乎没有距离。按康定斯基的说法,"写实性"与"抽象性"都是表达真实的极端,两者具有辩证的等同关系。格林泊格则强调经验的重要性,写实与抽象来源于画家的经验而非对"原理"的理解。"原理"解体而代之以"经验",如此一来,每个画家个人的因素被极大地突出了,——这正是整个当代艺术的普遍特征。

我记得周春芽早些年画了不少讲究机理的人像和藏族同胞,那时人们认为他是个有些才气的画家,但缺乏个人风格和面貌。90 年代后,他的创作分两个阶段,1995 年前以"石头"系列为主,1995 年后则以"黑根"系列为符号。

　　相比之下，周春芽在不同阶段的风格变化十分显著，从起步时的那种乡土味的画法，到具有表现主义色彩的"石头"系列，再到宛若大写意画法的"黑根"系列，几乎跨越了一个画家的设防界限。我说的"设防"意思是指，许多画家寻找到一种较为独特的图式后，接下来所做的便是修补和加固，将它引向极端，往后的作品基本上只是一种样式的延续。本书中列举的好些艺术家都在这个模式里不停地转圈。

　　周春芽的"石头"系列受中国山水画的启发，画得透明、洒脱和空灵，表现主义的色彩狂欢转换为带有文人画意味的抒情性质，这是他在寻求与自己性情相适的折中意图。用吕澎的话说，此时的周春芽已不像80年代那样关心如何与熟悉的传统对立。"周春芽的艺术风格的一以贯之的精神脉络是自由与随意的。对西方文化的体验居然导致了他对中国传统文化的偏爱。……他理解西方艺术中表现自我的因素，他认为对观念的有效表达才是重要的。"——我同意这个分析，但是还需提出，周春芽不可能不考虑自己作为一个"中国艺术家"的身份，因而在寻找主题时不可能不受这一考虑的制约。

　　关于表现主义的话题，我与批评家彭德略

有同感。有一度我非常喜欢表现主义的东西，当然，这主要是由于德国表现主义画家巴塞利兹、基弗尔、伊门多夫几个人的原因，他们做得很棒，令人服气，给处于低谷阶段的绘画注入了生气。表现主义在中国的流行很快成了灾难，到处都有人模仿和追随，而且都是些粗陋不堪的货色，不动脑筋，不费力气，惟一的做法就是乱涂乱抹，尽是一些素质极低的家伙在里

周春芽
《黑色的线条
红色的人体》
1992 年

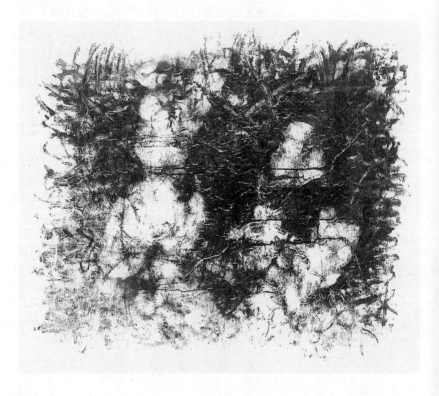

周春芽
《石头系列——
雅安上里3号》
1990年

面瞎起哄。彭德说，现在他看到表现主义就头痛，就讨厌。——这句话我没讲出口，想法却相差不多。

周春芽的作品有表现主义"倾向"，但它是温文尔雅的和富有涵养的，一方面追求随意的表现性，另一方面又注意节制，不让表现变成胡闹的借口。他画石头与中国山水画家信奉的意境之类不同，对象的因素大大减弱，绘画语汇更趋抽象。周春芽自称是比较情绪化的画家，他说："如果把石头画得很坚硬，那就要花很多工夫，'刻'这样的石头可能就显得更有力度些。但这恰恰不是我所想的，我不喜欢这样画。如果把石头画得有层次感，很真实，就成了我表现石头，其实我并没有表现石头，相反，我是比较情绪化的画家。"不注重表现对象而着力宣泄自我情绪，正是表现主义画家最基本的特征。我要说的是，周春芽的"表现"采取了骑墙的办法，尽管他在德国留学两年，对德国新表现主义有着直接的体验，但落实到个人创作时，他很自觉地往"中国人"的欣赏习惯上靠近了一步。

　　我在某处第一次见到"黑根"系列时立即感觉印象不错，但当时没想到是周春芽所作，因为我对他以往的作品有一个固定的概念。很明显，"黑根"系列比"石头"系列更接近作者本色——就是说，更接近一个画家所能完成的个人化的语言符号。

　　"黑根"是一只绿色的大狗，狰狞而可爱，凶狠而淳朴，它占据着画面的主要位置，是视线的焦点和中心。黑根的造型非常简洁，画法也单纯，没有多余的东西，背景甚至留出了大片空白，给人以空灵和飞逸的感受，这是周春芽朝自己的目标跨出了优美的一步。有时候，画家的聪明和能力并不体现在复杂的技法上，像周春芽这样，越画越简练，越画越向简洁明快发展，不能不说是相当明智的选择。——它一点点剥除制作上的难度，从烦琐中解放出来，这样便有很多余地来考虑观念的有效表

周春芽
《水中的石头》
1990 年

达,以及有的放矢的准确性。

"黑根"系列的视觉效果很具特殊,由于采用绿色描画狗的形象,主观的表现性得到强烈的突现,以至造成了一种对应关系:人的位置和狗的形象相置换,画家把自己投射到了绿色之中,狗就不是狗本身了。补充一点,周春芽在"黑根"系列中加进的那些象征意味是我不喜欢的,他的隐喻露出某种斧凿的痕迹,而一些画面效果则显得有些拼凑的模样。——就像跷跷板,一个问题的解决伴随着另一个问题的产生。所以,我总觉得,真正的大师只把问题留给别人,而自己是完美无缺的。

不久前我遇到周春芽,自然而然问起他画不画绿狗?他否认,因为黑根死了,没有情绪再画了。我感到可惜,黑根的阶段看来已经过去,正如周春芽曾尝试过一些其他方式,下一步他还会做别的什么事,如果比黑根做得更好就好了。——回到他的自我评价,他是比较情绪化的人,情绪化的人有时会做得很糟糕,有时却让人拍案叫绝。

毛旭辉《家长的靠背椅》1990

毛旭辉

同周春芽一样，毛旭辉的画风在 1994、1995 年左右发生了大转弯，此前他一直迷恋于他的"家长"系列。就对象而言，周春芽画石头或狗，毛旭辉画椅子或剪刀，都只是生活中的某个日常形象。但毛旭辉赋予对象以更多的社会意义的解释，这是一些"老哥萨克"的共性。

毛旭辉像一个孤独的思考者，从他口中常常冒出"启示"、"灵魂"、"生和死"之类术语，他坚守着多年来的没有丧失的精神防线，他说："除了来自自然的启示，古老的信念以及那些陌生国度的思想，个人的独立思考显得尤其重要。当然，往往我遇到的情况是，灵魂在漫长的孤独中燃烧和熄灭，很少有人穿过高原这道'窄门'。"

我想起卢奥与人的对话，有人问卢奥，假使把他放在一个永远无人光顾的孤岛上，他的画将永远无缘与观众见面，他还画不画？卢奥的回答是，画！因为我画画是与我的灵魂对话。

有的人一辈子坚守崇高，有的人一生嬉皮

笑脸,有的人半途而废……

我曾经接触过那些被上帝、信仰、灵魂激动得浑身颤抖的人,他们的英雄主义和献身举动让我深深感动过,为了艺术,为了尊严,为了精神,他们付出过一些,——但只是一时半会儿的付出,只是昙花一现。我们既信任某些人,也会对他们的放弃和背叛表示反感,因为我们在生活中还在寻找,寻找一些美好的事物。我们不希望看到那些被我们当作表率的人变成被我们唾弃的人,——尽管要求别人总比要求自己来得容易。

很多艺术家都经历过各种各样的磨难,有物质的,有精神的。磨难对不同类型的艺术家造成截然相反的影响。毛旭辉说:"人不能够生活在真空里,社会的平庸使创造行为更像愚行。中国现代艺术家无疑要经历精神生活的孤独和物质条件的匮乏这一严峻事实,因为许多艺术家实际上是在用自己的

毛旭辉
《半把剪刀》
2000 年

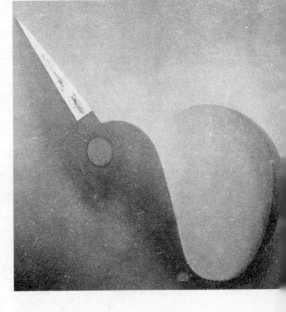

毛旭辉
《灰白色剪
刀和拱形》
1999 年

生活费去支付创作活动的开支。尽管如此，还是有一些人坚持下来，他们的创造行为无疑意味着是对平庸的反抗，即对于死亡的纯粹精神的抗议。"他还说："当代艺术的现实无疑要由那些长期挣扎在精神苦海最底层的灵魂来承担。……这些艺术家将会像平民那样死去，不知道他们能否做完自己的事，走到一个辉煌的顶点。未来有否报酬无关紧要，因为艺术最终也仅仅是人的一种精神方式。"

他推崇的东西正是当今许多人极力想避开的东西。人们害怕普遍性，害怕绝对，害怕精神标尺，"逃避崇高"是他们最乐意接受的口号。——然而他偏要说："当代艺术的实现无疑需要在崇高精神的推动下来进行。惟有这种精神的支配，才具有产生真正有价值的形式创造的可能性。"我相信这只是一种人的执着追求，我同样相信，如果推而广之的话，那么中国当代艺术的"精神"就会既崇高又单调，并且让人感到尖锐的沉重和无尽的压力。——精神的高度永远是少数人的事情，它是强迫不了众人的，自己能够做到已经够了。

毛旭辉曾经尝试过多种方式，到创作"家长"系列时开始稳定下来。看得出，他步伐坚定地进入了对"绘画性"的研究阶段，受到表现主义的影响，他研究画面的肌理，研究用笔，研究笔触的厚薄效果，研究色差之间的细微的变化，等等。"绘画性"在当代艺术中已经是一个非常陈旧的话题，是传统观念的自然延伸，大多数艺术家试图回避它，把它看作不值得认真对待的"过去时"，然而平心而论，中国并没有出产几个真正做得到位的艺术家。

我对"家长"系列的感触很浅，说明我对这类作品的画法有一种内心的拒绝，也说明我对"绘画性"抱有另一种要求。顺便指出一点，他用"家长"这一概念来表示现实生活中的权力，表示他对历史、社会、政治的态度，似乎稍稍有些牵强，因为这样势必给予作品过多解释，用罗兰·巴特的说法，对于艺术作品，过度解释是件可怕的事。

"剪刀"系列是毛旭辉建立自己品牌的成功范例。我想再重复一遍，当代艺术的最大特征是多元化和多样性，强调的是个人符号和个人图式，假如以往大家都讲一种语言，在一种语言里谁讲得最好，谁便是最优秀的艺术家；然而现在大家都讲方言和土话，——能在广东话和上海话之间比出高低优劣吗？在只有一种画法的时候，看谁的技术好，看谁有深度和高度，但在无数种画法同时存在的时候，技术、深度、高度统统像过时的旧币，拥有再多也穷光蛋。所以我反复提及图式和符号，这是一个艺术家得以成功的必须的基础。

毛旭辉在完成"剪刀"系列之前，还不足以在当代艺术中昂首挺胸，现在终于具备了这个条件。毛旭辉以他一贯的方式谈论"剪刀"，他说："家长系列关心的是权力的力量，后来想通过一个日常用品——剪刀来体现权力的力量，即这种力量无所不在。即使在日常生活中也是如此。有时我也把剪刀作为一种怪异的符号来使用，将它拼贴在各种现实生活的场景中，以表达我的某种愤怒和不安情绪。"——是啊，江山易改本性难移，他始终要把内心的想法和现

实问题交织起来，即使从表面上看，他的画面
已趋向于平静和文雅，但他还是舍弃不了制造
紧张冲突的精神体操，这是他极其可贵的一
面，固执有时会变得僵化，有时却使人一辈子
受益。我更多的是把"剪刀"视作他创造性的图
式，它尖锐，具有象征性，背后隐藏许多可言说
的东西，这些不妨碍图式本身的美感，它的造

毛旭辉
《打开的灰
白色剪刀》
1999 年

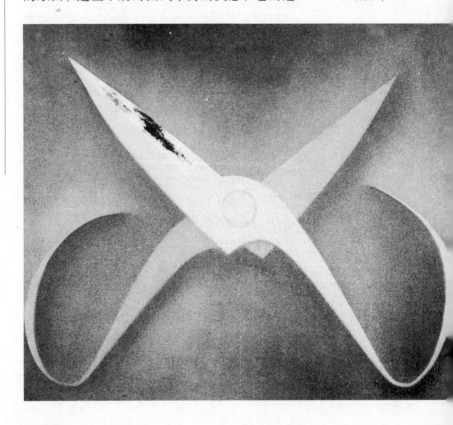

毛旭辉
《家长的
靠背椅》
1990 年

型、构图、色彩，那种松弛的用笔，淡雅和漂亮的背景，等等，——说实话，我甚至觉得里面带有含苞欲放的惟美感觉，与题材形成的反差，确是妙不可言的。

毛旭辉写过一段话："也许没有对死亡的祭奠和沉思更震惊人心的了。前人的死，他人的死，精神的死，情感的死，森林和草地的死，这一切并非与今天和今天活着的人毫无关系……"以至吕澎如此赞叹道：毛旭辉是不多的真正艺术家队伍中的一个，无论现实发生了怎样的变化，他永远保留着一个不可舍去的古老本质：灵魂。

孙良《纹身月亮》1999 年

孙 良

　　孙良在 90 年代参加过一些国际性大展，在当代艺术领域的出镜率并不很少，但一直成不了受人关注的焦点，甚至有点冷落。有个非常赞赏他的人为此询问我：孙良的作品既有鲜明的图式，又有相当的深度，为何走红不起来？说实话，我也考虑过这个，在一篇文章中我写道："孙良是 90 年代以来的重要艺术家，这一点却被越来越多的人忽略。或许这是因为他这个人无比孤傲，把艺术置于众人的智商和理解力之上，放弃了许多与社会沟通的机会，说到底，是因为他不愿意随波逐流，将自己一再降低，与那些被自己所不齿的家伙为伍。……正如孙良的为人一样，他的作品可说是独一无二的。艺术家的成功标志之一便是具有自己鲜明的个人图式，如果他一辈子努力的结果竟然没有抓住一点属于个人的东西，就算一败涂地了。孙良的作品在任何地方都能一眼看出，因为它特殊，它透彻，像一束聚光似的引诱着视线。……孙良的作品……我把它们看做是古典式的优雅趣味的现代延伸，这与巴尔蒂斯、莫兰蒂有类似之处。孙良不属于创造力特别旺盛的艺术家，他集中力气挖一口井，活儿做得细

腻而漂亮——但是，我有些隐隐担心，他是否
会丧失激情的冲击力？……别尔嘉也夫说过，
精致是堕落的标志。所指的是一种危险倾向，
千万别把自己的趣味弄得偏狭，但是反过来
说，粗糙就说明具有创造力么？孙良力求避免
浅陋和粗糙的同时，也可能过滤掉了一些本来
的力量，其实，这不是可取不可取的问题，而是
注定的——正如博尔赫斯的名言：你不能写你
想写的，只能写你能写的。"

　　有时我设想，艺术家的类型可能是注定
的，一个朋友说，一看方力均的生活状态，就觉
得他是画那种画的
人。孙良呢？细想起
来也差不多，他的画
与他这人很贴切。克
尔凯郭尔说，你如何
信仰，你就如何生
活。——对于艺术家
而言，他的作品反映
了他的全部观念和趣
味，没有一个称之为
艺术家的人，能够创

孙良
《翼之影》
2000 年

孙良
《幽光》
1996 年

作出与自己观念和趣味相悖的作品。

我问孙良："你看过欧洲几大博物馆、美术馆，谁的作品最让你激动？"他不假思索地回答："拉斐尔。"

我问："为什么是拉斐尔呢？"他回答："看别的艺术家总有这方面或那方面的问题，只有拉斐尔是完美无缺的。"我不甘心地追问："现代和当代那些艺术家呢？譬如凡高、塞尚、毕加索和达利等等？"他笑道："不能和拉斐尔同日而语，拉斐尔是永恒的。"

——我懂了，这大概就是揭开孙良秘密的钥匙。我不是说孙良受着风格主义和样式主义的压迫，我是指他在趣味上的显著特征：高贵、典雅、精致和完美。而这些，恰恰是我们这个平民时代、这个快餐时代所不屑的和扬弃的。

另一方面，孙良的作品从面貌上看，与他所钟爱的古典趣味似乎风马牛不相及，相反倒具有很突出的当下性。他的画不讲透视，没有日常形象，色调完全是主观的。——那些似梦非梦的阴阳交糅的东西，那些半人半兽似虫非虫的东西，都是孙良杜撰出来的，他的脑子里有无数这种莫名其妙的怪物，简直是信手拈来。附带说一句，我看到好几个画家也沾了孙良的光，画一些白日梦的形象，但一眼看出那是"偷"来的，不自然，像小矮子穿了件大号码衣服。

孙良
《迷》
1996 年

　　孙良的图式并非一蹴而就，他早期的作品也有"表现"的味道，受了一点夏加尔的影响，也有点超现实的影子，但都不明显。那时的画风比较摇摆和闪烁，自己的个人符号尚不强烈，90年代发生了转变并很快稳定下来。孙良的作品就面貌而言与古典趣味毫无共同之处——请注意，我说的是面貌，而他内心的艺术之梦与古典精神太吻合了，这便是他的矛盾，和他的不可解开的观念的死结。关于趣味，我想问题是很清楚的，在我们的时代，几乎所有精神产品都存在着粗鄙化的倾向，即使是那些表面上华美富丽、精雕细刻的东西，仍掩不住骨子里的粗鄙，就像某个穿着昂贵服装的家伙，手指缝里却是黑乎乎的。在全面的粗鄙化潮流中，高贵的、典雅的、精致的和完美的东西岌岌可危，随时会被浪涛卷走。我记起高尔基的"不合时宜的思想"这一说法，在当代（中国），知识分子也好，艺术家也好，都为市场化的到来而欢呼过，因为市场可以消解意识形态的压力，但是我们所有人都是在没有筑好防护堤坝之前，就匆匆接受了市场的一切，结果是，市场的"规律"超过了意识形态的压力，金钱、传媒、资讯和信息

孙良
《微颤》
1996 年

化，等等，它们正在大口大口吞噬和消化精神营养……

"不合时宜"搁在孙良身上非常贴切，——不是他出了问题，就是时代出了问题。有一次他坚定地对我说："不能因为时代的问题，就要

我们个人承担后果。"我懂他的弦外之音,是的,我知道他并没有高傲到以为众人皆醉他独醒的地步,只不过他倔强,他固执,不肯降低艺术理想的标尺。

我把有一类人比喻成高贵的鸟,绝不容忍羽毛沾上一点肮脏,他们甚至像有洁癖一样自我保护,像变成水仙的那客索斯一样自爱自怜,——这好么?这不好么?——放眼望去,随大流的、缺乏主见的糊涂虫太多了,所以这类人才显出了珍贵之处。

孙良年复一年画他那些怪模怪样的东西,年复一年怀抱着他的趣味,不迁就不妥协。我想说,对于孙良而言,成也趣味败也趣味,他坚守的同时就得为坚守付出代价。下面的问题是,我们时代当真不要高贵的、典雅的、精致的和完美的趣味么?与此相适应的当真是贵族的和精英的群落么?在以往,贵族和精英的趣味左右着社会的普遍趣味,而今天,社会的趣味就是大众的趣味,它们覆盖精英在内的一切,所以,趣味的平面化是作为事实存在的。当然,如果将它看作是一种学术,一种素养,一种对于美好事物的拳拳之心,将它们看作个人的精神导向，——也就是说，将其当作个人的东西，就容易解释了。彭德愤愤地指出过，一个世纪以来的暴力化、粗俗化、平庸化已使艺术变得可怜，使人的心灵变得麻木。这是现实的，——但现实总是复杂的，即使粗鄙化像潮水一样泛滥，总还有人坚定地伫立，否则怎么来体现多元化、多样性呢？

孙良从古典主义大师那儿传承的东西，在他手里发生了转化，他的画面毫不古典，甚至是反古典的——没有均衡感，没有纵深感，没有……所有古典主义讲究的方面。说明孙良无论怎么坚守，但有一点他懂得，艺术的生命在于创新，因而他的问题是如何把他钟爱的古典精神与他的具体画面结合起来。以我的看法，画面才是作为艺术家的孙良的惟一，高贵、典雅、精致和完美是他的艺术理想，但是理想代替不了画面。

刘大鸿

　　我读过形形色色的对刘大鸿的评论，一个总体印象是，刘大鸿在某些批评家眼里是比较受宠的，但是仅此而已。刘大鸿在整个当代艺术圈内不是一个呼风唤雨的人物，相反，他与圈子若即若离，不时来几招擦边球。他也有一些经营自己的手法，但那是小作坊式的经营，一步一回头，与上海画家那种天然的谨慎和文雅有关，也与缺乏大开大合地做事的气魄有关。

　　以老丹纳观点，种族、环境、时代是艺术品成因的三大原则，他不无道理地说："艺术家本身，连同他所产生的全部作品，也不是孤立的。有一个包括艺术家在内的总体，比艺术家更广大，就是他所隶属的同时同地的艺术宗派或艺术家家族。"或许在当代艺术家看来，这个观点过于陈旧，与我们所处的现实偏离了很多，

刘大鸿
《北海》(局部)
1998 年

是的，我们现在站在"地球村"上，种族、地域的限制越来越微不足道，我们和地球上别的艺术家一样面临共同的主题。——听来激动人心，但这是现实的一个方面，而不是全部；现实像面多棱镜，折射出我们时代各个不同层面。当年尼德兰的许多画家投奔艺术中心意大利，结果被"中心"完全吞没，倒是留在尼德兰的画家成了大师。这说明，相对的封闭是护卫艺术家成长的屏障。我不鼓吹封闭，——我只是借此叙述一桩事实：即使在"国际化"的今天，艺术家也并不非要到"国际"去赶热闹，如果你不是那种风风火火的类型，那么你就安安心心窝在你的地方弄你的东西。

看看批评家是怎么评述刘大鸿的——

朱大可：戈雅、卡夫卡，早期毕加索和德国表现主义的荒谬概念，波斯细密画，北欧早期油画，中世纪尼德兰画家包西和勃吕盖尔的宗教寓言形式，荷马史诗与文艺复兴时期巨型壁画的密集造型布局，中国古典图书线描插图，杨柳青版画及其传统工笔重彩的质朴格调。所有这些民族或西方的精神气质和造型模式，都有力地滋养了刘大鸿并最终在其手中转换成了完全属于他个人的奇异画风。

万青力：刘大鸿如此年轻，而他的胸襟却如此宏达。他超越了那些"85新潮美术"弄潮儿对传统文化的挑战和否定，以远为成熟和心平气和的态度，立足今天，和过去握手。在他的作品中，没有任何时间和空间的隔界，无论是古今中外，也无论是宗教或世俗，神话或现实，演义或历史，他都能信手拈来，涉笔成趣，构成其作品洋洋大观的人文内涵。

白杰明（老外）：刘大鸿比起中国当代任何其他画家更有获得"改革画家"桂冠的资格。

殷双喜：刘大鸿可以称之为油画界的一个怪才，他的……想像力丰富，天上地下人间，历史数千年，妖魔鬼怪，虫鸟神人，林林总总，铺天盖地，他像个淘气的孩子，把历史一古脑吞到嘴里，然后津津有味地大嚼一通，吐出一个个光怪陆离的糖糖泡泡。

栗宪庭：……也许正是他的敏感，使他较早地把握了1989年后整个社会普遍的无聊和"解构"的心态，而引起美术界乃至文化界的广泛关注。

刘大鸿以他非常独特的方式创造了一个独特的想象世界，里面无所不包无所不在，但又全都是子虚乌有。他把历史故事、民间生活、当代内容，天上飞的、地上爬的、水中游的统统糅杂一盘，构成了一幅既混乱又井然、既荒唐又现实的巨大画卷，每个局部都需仔细辨认和详尽阅读，人物也好故事也好，似乎都真实地发生过，经过重新组合及排列，像一场延绵不绝的梦境，它反射现实的局部，将这些局部当作依据，尽力渲染整体的魔幻气氛。当阅读者把它看作现实图卷接受时，便显得十分荒诞，当他依据"艺术的"眼光去看待时，它便是我们存在的真实的部分——想象有时候比眼睛看

刘大鸿
《方舟》
1997 年

刘大鸿
《淮海路》(局部)
1996 年

到的东西更真实。

其实，刘大鸿的方式是很讨巧的，除了构思和构图的费心外，无论从造型和色彩的技法看，都没有很大难度。就是说，刘大鸿讲述这些复杂的故事时所用的语言并不复杂。他面临的是讲述时的耐心考验，一般画家面对其复杂的外表肯定是望而生畏、避之而不及的；由于他迷恋于此，不畏烦琐，以蚂蚁啃骨头的耐心一点点进展，终于编织出他的艺术迷梦。我想，如果给刘大鸿足够的时间，他会把地球上的一切以他的独有方式原原本本画下来。

刘大鸿说："不论作品的大小、形式、内容相同与不同，它们与我以前和以后的所有作品一样，都是我对人生、对社会的看法所折射的小小聚光点。

……我偏爱在纷繁卑琐的人群中冷静旁观，这种闹中取静、静有所思的'观人生'的生活态度，处处可以在我的画中站出来为画代言。"

画家本人的表白透露了创作奥秘的一个方面。我相信大多数画家都把自己的作品当成"代言",——"代言"本身没有价值,价值在于它能否把画家推到艺术创造的进程中,以艺术的名义来"代言"。一个画家离开了艺术,正如一个工人不会做工,事实上就什么都不是了。

但是,艺术这一概念在今天已遭受到极大的挑战。不妨设想,刘大鸿的作品放

刘大鸿
《中环演义》
1997 年

在若干年前,会被人当作走火入魔的怪物,而现在却被人看做是手法简便的拼凑,并无多少创造性。——当然。对创造性这三字的理解每个人会有自己的角度和立场,我的意思是,即便刘大鸿用了化腐朽为神奇的点金之术,做得也确实比较到位,但可惜他的语言仍然是缺乏弹性的,按文学的方式评价,他至多只能算做

一个讲故事的能手，而无文体的革命和完善。话说到这份上，便有点困难，当代艺术的一个鲜明记号就是艺术家个人化图式的建立，它不依赖于任何已成的模式，——很多时候，我们被艺术家的种种花招弄得晕头转向，探不清深浅，原因不外乎我们面临的参照太繁多太庞杂，我们能以对手套的要求去衡量袜子吗？

刘大鸿属于哪一类"家族"的成员，在眼下的艺术气候中无关紧要。在中国当代，有许多艺术家想从历史、神话、传说、民间、民俗的材料中挖掘一点为我所用的东西，他们明知架上绘画的空间非常有限，而时代赋予艺术的天地却越来越宽泛，所以他们折回头，想从走过的路途上挖一挖，看看还有什么新的名堂经存在。——这么说时，我的脑海里已闪过了一连串艺术家的名字，张三李四，赵钱孙王，还有他们的作品的样式和画面，……俗话说有比较才有鉴别，刘大鸿在里面还真算是出色的一位呢。

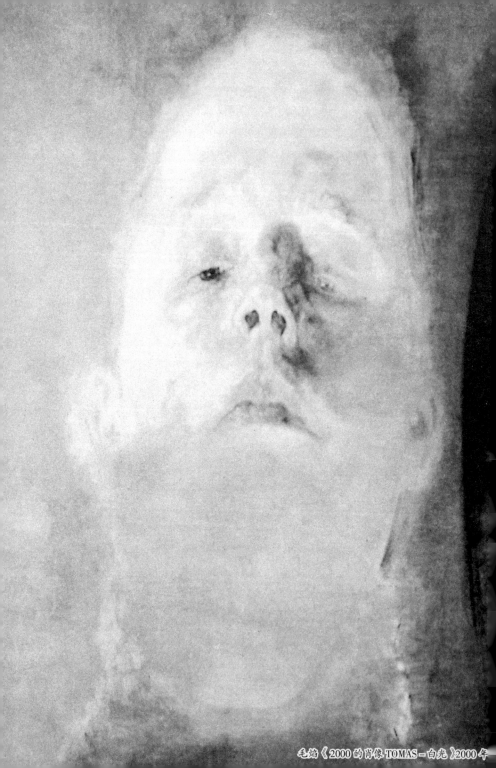

毛焰《2000 的肖像 TOMAS—白光》2000 年

毛 焰

在本书中谈及的所有艺术家中，毛焰与我最接近，因为我们住在一个院子里。有事没事我们常在一起呆着，聊聊天，抽抽烟喝点酒。他年纪比我小将近一轮，自然在某些事物上比我敏感。前面说过，90年代后的一段时期，我对当代艺术的敏感度大大降低了，有些不愿介入和过问的心思。这当然与我的兴趣发生了转移有关（我花近5年时间写了一部80万字的长篇小说《新中国》），另外一点是，我对层出不穷的花样经确实不适应起来，因此，与毛焰谈论艺术替我填补了一些信息上的空白。

毛焰的激情是压抑的、内敛的，与很多容易激动因而容易改变自己的艺术家不同，他更多地倾向于稳定和程序化，倾向于不断地沉积和挖掘。设想在他作品里寻找外表的花样是徒劳的，——尽管他本人老以为自己也是耍花招的高手。

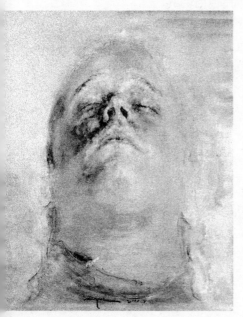

毛焰
《肖像系列 –
TOMAS NO. 1》
2000 年

我一直说，毛焰在艺术上很本分，本分到拘谨
的程度，他身上那种完美主义的东西很显著。
有时候我比较奇怪，像他这样年纪轻轻便享有
名声的画家为何不陶醉于名声带来的实惠，相
反一再表现出自作自受的压抑、周期性的不
快？他念念叨叨，为艺术上的点滴进展、为表现
力的些许加强而劳心费神，那是一种阅历很深
的人才有的状态。

　　这样，他就把自己迅速推向一个尴尬境
地，一方面，就多年来保持的创作势头看，已经
呈现出疲倦和乏力之态；另一方面，他的心气、
他的目标却比以前更高更具体。如他自己所
说：我在现实中倍感沮丧、失望和无奈，我只能
在玄想中得到满足，在玄想中我是完全自信和
自足的。——不过不要以为他是多愁善感的浪
漫诗人，不是的，他实质上是个现代青年，是趋
向于现代方式的行为潇洒的艺术家，是啤酒、
足球、摇滚乐的信奉者。矛盾的方式其实就是
人的存在的方式，毛焰的内心隐藏着浓厚的古
典情结，他对那些在艺术史上创造过辉煌业绩
的古典大师（丢勒、戈雅、德拉克洛瓦）推崇有
加，将自己的理想直接放在这样的着落点，无
疑造成了理想与现实的分裂……

毛焰不是那种很用功很勤奋的艺术家，比较懒惰，有时还很懒惰，四处找人闲聊、喝酒和听音乐，在自嘲中消磨时光。听他的辩解才有意思：为什么要用功要勤奋？一个艺术家的优秀不是作品的数量而是靠作品的质量。他每画一幅画都力求画得高度完美，开始时总是一丝不苟，慢慢的就有点松懈——我知道松懈不是真的，他心里的标尺定得太高，高得使他气喘吁吁地够不着。他常常画了一半就停下，没信心再画，他的画室里摆了不少这样的半成品。——他解释说：不满意的作品画下去没劲，缺乏激情，自己看了都心烦，拿出去心里更是不安。

韦伯说：我力求理解我的时代，但我时刻不忘我的局限。所有事物都是局限的，一本书上说，人是无所不能的，可他能像鸟一样飞吗？鸟会飞可它会像鱼在水底游吗？鱼会游可它能像蚯蚓在泥土里钻吗？……局限是本质的，没有任何艺术家会无所不能，想做什么和如何去做，有效性只囿于在一个角度和一个范围。在当代，艺术家的自由是针对自己的。如后现代作家利奥塔说的，真正的艺术家、作家或哲学家……他们的接受者不是公众，我想说，甚至不是艺术家、作家等等集体。个人的独立导致了个人主义的盛行，每个人都是多元中的一元，每个一元都独立于他人之外。如此，艺术家在现实中似乎越来越无依无靠，除了自我的存在，与社会的维系就变成赤裸裸的东西，——这正是毛焰极力抵制的和躲避的。

毛焰始终抓住他所钟爱的油画"技法"不肯松手，一定程度上，"技法"是他得以骄傲的资本，就图式而言，他不如前面那些人来得明显，但从油画的技法看，没有人可以与他比肩。我和别的一些油画家谈到毛焰的作品，对他技法上的深入和精微都为之赞叹，有的甚至称他是中国当代油画技法第一人。孤立地评价毛焰的技法是有失偏颇的，实际上，毛焰绝非简单地热衷技法的人，他一再表示技法对于艺术家来说并不重要，不过因为他看不惯当代油画的粗制滥造，以及表现语言的贫乏，才不惜花费精力去研究和完善。

毛焰
《1999年的肖像
NO.1——鸿》
1999年

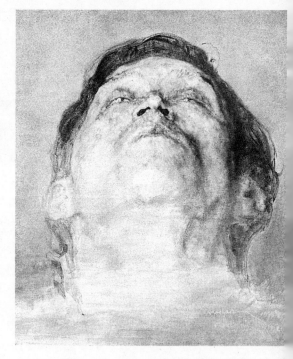

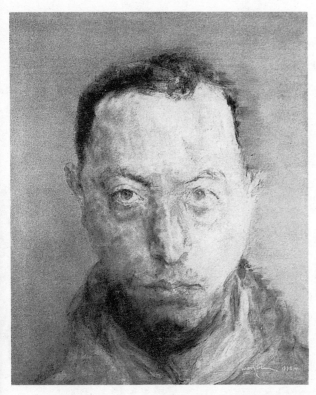

他试图把技法与感受融为一体，让人们面对他的作品时看不见技法，同时又精美到具有极高的难度。1995 年之后，他的作品开始简练，开始单纯，他设想以少量的简洁的语言来表达观念，不渲染不夸大，没有寓意，也没有象征，画面即是喻体的本身，从而使内核真实地

毛焰
《S》
1998 年

呈现。他连人物的服饰都彻底舍弃，用他的话说，要剥除一切时代和种族的标记，把笔端触及到人的灵魂，将其直接显现出来。一段时间内，他孜孜不倦地画篇幅很小的作品，他在悉心研究，试图从旁人看不到的地方走出一条路来。

而且，他把题材收拢在画各种人物的肖像上，——请注意，若把他看成肖像画家，那是极大的误解。按我的意见，肖像在他那里仅仅是一个替代物，他真正想画的是他自己——他的心境、他的感想、他的才情。我曾开玩笑说毛焰这辈子只画一幅画，其他的全是这幅画的变体……

他花了如此之大的力气研究那些细小的东西，一个笔触，一块光斑，一点色泽的反差，整片的冷漠的灰色调，以及灰色调中的无限变化，等等。——在他小小的一幅画作前，你得耐心观看，一点点进入，里面有许多意想不到的闪光点和令人惊奇的表现力。

我谈及孙良时说他几乎像有洁癖似的，是的，毛焰也一样，对待画面那种认真劲头，真让人觉得画那样的画简直是受罪。有时候，一件过于完美的东西会让

毛焰
《小山的肖像》
1992 年

人望而却步，我说的完美不是表面的精细，不是有很多画家在画那些又精细又漂亮的东西吗？怎么精细怎么漂亮就怎么画，他们既无须动脑子研究，又大大地讨好市场，可谓一举两得。毛焰也精细，但那是另一个层面的东西，他的精细是对于油画究竟有多大表现力的挑战，他挑战这种极限，在很小很窄的缝隙中穿越，——如果他成功，将占据这个时代的油画艺术的巅峰。

在当下普遍粗鄙化的艺术情景中，毛焰的价值是不言自明的，尽管，他要解决的难题依旧严峻地横在他面前，跨越是极其不易的。

我曾写道："他对艺术史的膜拜和他反艺术史的倾向同样显著。……他身上所带有的浓厚的古典情结并不妨碍他酷爱现代艺术，正如他喜欢德国表现主义大师的作品，却没有一头钻进表现主义一样，在他那儿什么都有一点，……既然矛盾在他不成其为负担，还有什么好说的呢？毛焰的优势是年轻，精力旺盛，因此没有谁能断言他以后的趋向……"

石冲《今日景观》(局部) 1995—1996

石 冲

彭德说，研究当代艺术，石冲是一个很好的个案——这是对的。就写实的画法，石冲几乎可说是独一无二的，这是指，他将写实画法推到了一个特别个性化的极端，其视觉的"真实"感比之照相毫不逊色，而在"真实"之中又包含可以言说的寓意及象征。

写实画法在油画发展史上始终没有中断，无论在油画的故乡欧洲，或是移植到中国及其他地区之后，都在继续它的余绪。不过有一点需要注意，当代"写实"与古典"写实"之间存在着极大的差别。其一，古典油画的写实是整体性的，画法必须服从画面的情节和物象要求，符合故事和视觉规则的要求；而当代油画的写实则是局部的，是在某种观念垄断之下的个体语汇，它容纳不相关的东西，时间、空间、情节和物象随画家任意安排（这方面，达利的作品是个典型）。其二，古典油画的写实在语言上相对一致，讲究纯粹的技巧和难度；而当代油画的写实排除了统一性，画家以各自的方式突出自身，技巧偏向于个性化和简单化。其三，古典油画的写实具有绝对性，没有抽象这个参照存在；而当代油画的写实是相对的，每个画家对写实的看法都不一样，并且，写实与具象之间不可分割，具象的概念是相当宽泛的，凡不是抽象的都能够算作为具象的，——所以，当代油画的写实在很多时候要打掉折扣的。

前面提及的方力均、张晓刚、毛旭辉、刘大鸿、毛焰都可以划为写实一类，但他们的差别一目了然。——严格地区分，"写实"有其稳固范围，与具象不可同日而语。如果说具象是相对于抽象而言，那么，写实是相对于具象而言，比具象更符合我们眼睛对真实的要求。它删除夸张、变形、表现性等等，是一种与我们的眼见之物相同的东西。就如石冲，他笔下的物象钉是钉铆是铆，形象色泽质感一应俱全，以俗话来说，就是画得像真的一样的。

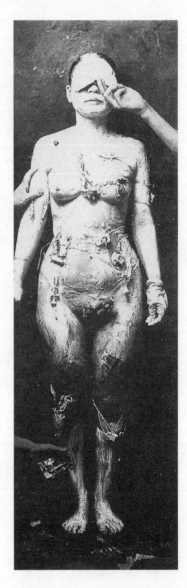

石冲
《舞台》
1996 年

石冲
《外科大夫》
1996 年

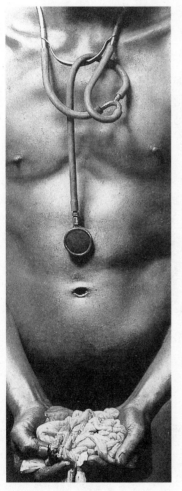

在当代，即使最蠢笨的画家也懂这道理，你写实的本事再大，画得再像再真，都无法与摄影与照片相比，但是他们仍然辛辛苦苦去做，是为什么呢？除了迎合一部分观众和市场的需要，余下的就为了获得一点手工的快感？事情不这么简单。一位理论家曾对我说，绘画的演变发展，必然是从写实到抽象，抽象是绘画的终结。我完全不能赞同，因为这说法与实践相悖，是主观臆测。写实到了当代已演变成另一种语汇，画家运用它的时候不再囿于它的规则，有些看来是写实的东西，实质不过是观念的附庸。——譬如石冲的作品，并不向我们展示其写实的技巧和工夫，在看似一丝不苟的学院式的写实技法里，我们不会产生丝毫感动，倒是他通过物象所透露的观念——现实与历史的错置、生存的内容和它的美丑等等，令人刮目相看。

乐意写实的画家大多经过学院式的训练，拥有较为扎实的造型能力，他们舍不得放弃来之不易的手头工夫，因此采取嫁接的办法，请观念来帮忙。这一点，与许多画表现主义画法的人相类似，基础是好的，拌进某种"新"的时髦的作料，似乎便跟着当代起来了。画家的变通不会是无缘无故的，他们通常需要站定一个稳固的地盘，才能在此范围里进行试验。

我想做一个对比：毛焰像个清唱的歌手，不需要配器、锣鼓什么的，他单靠嗓音的纯美，靠演唱的技巧博得赞美；——当然啦，如果稍稍出错，嗓子提不上来或跑了调，马上短处毕露。石冲不是这样的，他要借助乐器、锣鼓来衬托，把它们当做自己演唱的整体来处理，嗓音融化在乐器和锣鼓声中，产生混响效果，这样便能够掩盖先天的不足，但处理不好也能造成嘈杂和错位。

记得和陈丹青聊天时谈到这个问题，他的意思比较明确：当代的架上绘画已没有多大的可能性，画就是画，假使承载太多的观念，反而坏事。对此说法我只能同意一半。因为架上绘画在当代的实践并非"画就是画"，它牵出了一些别的线索，让艺术家去解答。一幅精彩的油画何以精彩，或许各人有各人的眼光，但是我想它的基本要素除了"画就是画"外，肯定还有与我们当下经验相符的东西，例如新颖的观念，和表达新颖观念所运用的手法。——有时候，我们会舍弃画面本身去关注它表达的意思,不能否认也是可取的方式。

　　下面的问题是,石冲的作品深入细致吗?从表象看,他的"写实"工夫是登峰造极的,其逼真程度远远超过大家熟知的罗中立的《父亲》。一些批评家把他当作当代"写实"的代表画家,并非过誉之词。但是"写实"的含义是空洞的,它不等于深入和细致,甚至它仅仅是某类画家用来掩盖创造力和想像力贫乏的骗人的外衣。不少画家追求的所谓"写实",不过是市场上流行的行画而已,它迎合那些半瓶子醋的附庸风雅的口味,与真正的艺术没有关系。如果石冲因为"写实"而受赞誉,那他的价值等于零——我的意思是,石冲的画是写实的,但写实仅仅是他的艺术理想的载体,除了(前面提到的)观念外,他试图在写实技法上突破,试图获得更多的层次。有人说,石冲的画是一点点抠出来的,少些灵气。由于运用比较笨拙的刻板的方式作画,他很难使自己的技法真正地深入和细致。在他的"写实"中,无法看到油画语言的丰富性,也看不到油画材料功能的极致发挥,看不到用笔、色彩和肌理,他的"写实"的逼真性将我们的眼睛完全堵住了。

　　学院写实主义是艺术上最简便和偷懒的

东西,它先验地奠定了画家
的思维和观察方式,把艺术
当作一个死板的程序一样
对待。综观80年代以来的
中国当代艺术家,十有八九
是反学院主义的,而且大多
是反成功了的。假设我们
把学院主义看做一极,反学
院主义看做另一极,以库恩
的科学哲学观念,就是"范
式"与"革命"之间保持的张
力,没有这样的张力,现状
便很灰暗。

　　石冲的写实画法不仅

石冲
《欣慰中的
年轻人》
1995年

为当代艺术提供了参照，也多少提升了写实画法的当下水准。平心而论，他比曾经大红大紫的一帮"国家级"画家好得多，他无情地跨越了他们，独自树立了当下"写实"油画的新的标尺。引用已故批评家祝斌的评价："石冲的绘画使观看者失去了与自然匹配的观看方式，建立了与'摹本'直接对话的渠道，为传统技法向当代性转换提供了一种新的可能性。石冲以其当下文化赋予他特殊的敏感，去关心社会，撞击人类的永恒主题，并以艺术家的眼光倾注在摹本的制作中，这恰好体现了艺术的当代性。"

石冲
《行走的人》
1993 年

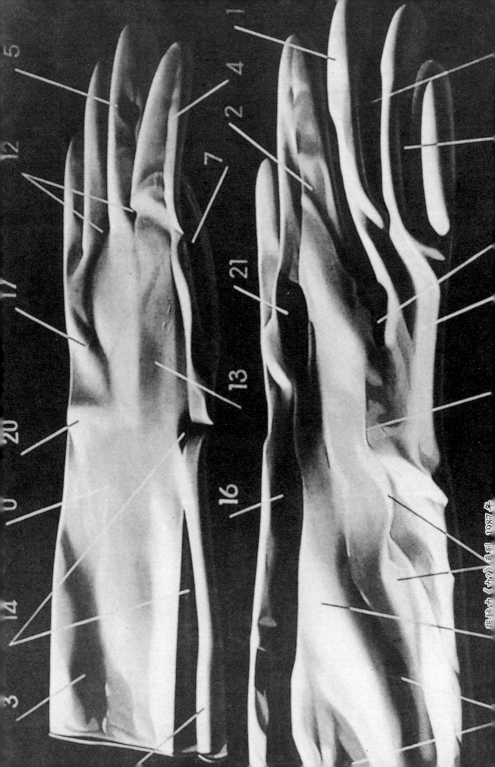

张培力

　　萨伊德的"东方主义"有个非常奇怪的地方，在他眼里"东方"主要是伊斯兰世界，所谓的冲突仅仅是西方权力中心与伊斯兰世界的冲突。而在我们这里，谈到东、西文明时所指的内容是不包括伊斯兰文明在内的。"我们"属于儒家文化的中国，东、西冲突就是中、西冲突。这说明权力中心只有一个——西方。此外的"边缘"都一厢情愿地把自己当做冲突的另一主要方。许多年来，这方面的问题我们谈得太

张培力
《单视频、4屏
幕录像装置、砖》
1991年

多了，多得连我们自己都不好意思起来。但是形势依旧，话题也只能原封不动。生活在国外的批评家费大为、侯瀚如，以及国内批评家刘骁纯、栗宪庭等，都曾不惜笔墨对此加以探讨，什么"冷战时代意识形态对立的遗留"，什么"国际拼盘中的中国特色菜"，不一而足，——要义大差不差，我们超越不了我们面前的时代现状，我们是"边缘"的。

如果"边缘"也是一种立场的话，如果把坚持"边缘"看做艺术家个体化身份的表述，可能性存不存在呢？——事实是，在当代艺术中，权力泛化的情况是明显的，关注权力问题的福科在论述权力时区分了很多层次，那么实际上权力并非一种不可撼动的固定结构。毫无疑问，"国际"、"中心"等概念是游离于个体之外的，——假使说它们是真实的，也只是作为创作主体的艺术家的真实存在之外的真实，创作首先是个人的，然后才派生出追寻其背景的愿望。

张培力
《(卫视)字
3号,洗鸡》
1991 年

张培力
《1990 的
标准音》
1991 年

张培力在 80 年代是"新潮美术"运动的干将，组织活动，有宣言、有实践，他的名字逐渐为人所知。这里有一个有趣的现象，——不少前卫艺术家的前身是传统意义上的画画的，他们后来转变成装置艺术家和观念艺术家，表达方式面目全非，其中有一些很成功，有一些至今仍然摇摆不定，使人很难从他们的实践中把握他们的标记。

或许，像张培力这样的艺术家有些吃亏，因为他长期以来蛰伏在自己的领地里，——虽然，不时也传出些许动静，但缺乏比较大的震撼性，在当今这种喧哗与骚动的年代，他默默地做，一点点迈进，却越来越远离人们的视野。顺带说一句，张培力与刘大鸿是同学，两人的路数却完全不同，刘没有对绘画以外的东西发生兴趣，一心一意弄他驾轻就熟的油画，应该说得分不低。张更注重艺术与情境的切近关系，兴趣广泛，绘画、装置、行为一样都不落，他综合得分还可以，单项分数算不上高。我的意思是说，张培力将自己的能力分散在不同方面，随兴而发，尽兴而归，这样的方式需要配有毕加索一样的超级才华才行。这么说，未免显得势利了一些，否定了艺术家性情的自由。我记得纳博可夫讲过一句十分中听的话：一个艺术家有些才能并没什么，可贵的是如何将才能加以保护和利用。

话得说回来，难道艺术家一定要随时处在众人的视野焦点里吗？"我"为什么非得听命于众人的指令？"二律背反"的情境由此产生了：一方面，艺术家面对自己的理想进行创作，他是自足的创作个体；另一方面，艺术家的创作若不进入众人的游戏规则，他的个人价值和作品价值还是否有效？正如面对"国际"、"中心"之类概念一样，"边缘"是否有存在的理由？——我想这是困扰许多人的难题。譬如，李安的《卧虎藏龙》获奥斯卡4个奖项，不能不构成对中国电影理念和理想的冲击，西方人眼中的"中国"与实际的中国是不同的，要么妖魔化，要么童话化——但是"实际的"又指什么呢？

张培力在早些年的画作一并带有某种调侃的讽喻的意味，画橡胶手套，画中国人健美，画中央电视台的女主持人，画法本身没有多大特色，特色在于其主题，以及背后所潜藏的社会内容的密码。这是80年代"老哥萨克"的社会角色感的形象体现。他削减画法的复杂性，代之用广告画和版画的办法突出作品内容，以保证贯彻他观念上的东西，这方法在当时是带普遍性的。张培力得以抓住人们视线的方法是简单的形式加秘密的社会内容，使人们很容易从他的作品里获得社会问题的个人化解答，他的调侃不像后来的"泼皮"和"玩世"那般轻松，里面包裹着逼人的锋芒，——可以清楚地看到画作后面的张培力的既严肃又玩世不恭的面目。

自80年代后，与张培力类似的艺术家并不少，我的脑子存放着一连串名字，他们都很努力，都拥有实力，但都缺乏特别引人注目的标记。——就是说，他们在创作上缺少连贯性和稳定性，缺乏独到的建树，当人们想起他们或谈论他们时，很难把他们与他们的代表作联系起来。

几年前我接到过张培力寄来的"艺术邮件"，是他的构思的一些计划，很好玩，意思好像希望接到邮件者参与其中，成为他"邮寄"的一个部分。这个行为，说明张培力用各种办法续写他的艺术梦想，手段在其次——或者，手段也是目的本身。有时候，一个观念或一个活动是否是艺术，取决于观念和活动的从事者是否具有艺术家这么一个身份。当代艺术的悖论之一是"艺术家"的身份是评定艺术的确定因素，而"作品"却无足轻重，——很多日常活动，是由"艺术家"的身份来定名它叫做"艺术"的。

张培力不是那种一成不变的容易定型的艺术家,他还搞了些装置作品,包括录像作品。1991年做的著名的《洗鸡》便是一例。他把鸡放在盆里,浸泡后淋上皂液,一遍遍搓洗,将一只活生生的鸡洗得"呆若木鸡"。这些过程当然依赖于录像的帮助,而录像则必须依靠电视……拿电视机做作品的开山鼻祖(韩国的)白南准引来无数模仿者。早在几百年前,米开郎基罗就说过,我的天才将培养无数模仿者。——当电视成为当代生活的重要内容时,艺术家不可能舍弃这个便当媒材。我在各种展览上见过很多运用电视(录像)做成的作品,凭良心说,已经完全麻

张培力
《中国健美——
1989 的措辞》
1990 年

木，很难发现谁的作品更好更精彩，以致产生了某种逆反情绪，一看见电视就烦……

艺术的题材和模样，从严要求的话，只能是一次性处理，就如前面讲过多次的所谓"专利"。张培力较早地利用电视为媒材做作品，也仅在中国当代艺术里有点"领先"，——尽管，他在媒材以外显示了过人的想象。不是不断有人说么，短短的一二十年，中国当代艺术把西方上百年的艺术史重演了一遍，实际上，在有些方面我们甚至连近邻的日本和韩国也不如。

张培力的智慧和能力是用不着怀疑的。……我常想，艺术与竞技运动的区别在于我们无法向艺术家提出任何技术要领上的要求，也不能人为地做出任何规定，因为要求和规定对艺术家不起作用。张培力经过这么多年的努力，该做的都已做了，我觉得，他给人的印象总是较为模糊，至今为止还没有一个非常突出的标记——除了好多年前他画的手套和女主持人，当然啦，把手套和女主持人封作他的标记，估计连他自己也未必乐意。

徐坦《新秩序》1994

徐 坦

　　徐坦和张培力一样，在中国当代艺术领域中不太抢眼，属于默默耕耘的辛勤的播种者。我回忆与徐坦的谈话，觉得很多观点非常相似，有些"酒逢知己千杯少"的意思。例如他对中国当代艺术现状的分析，对 90 年代后年青一代艺术家的评价，对"国际化"过程中中国艺术家的尴尬境地的陈述，这些，都和我的看法十分接近。艺术的过程像接力赛，需要不断有人加入和冲刺，但并不因此说明后者超越前者，后者比前者强。我常听到一种说法，谁谁不行了，谁谁过时了，事实并非如此。毕加索强调过艺术没有"发展"只有"演变"，是指后来的艺术不会覆盖已有艺术。当毕加索的作品第一次到卢浮宫展出，其作品与德拉克洛瓦这些大师的作品摆在一起的时侯，他由衷地叹息，他们才是真正的大师啊。

　　有个奇怪的现象令人深思：一帮毫无艺术素养和诚心的家伙弄些乱七八糟的装置，或做些令人恐怖的行为，就敢大大咧咧看不起正正经经画画的人，而且根本不管他画得好不好，——似乎只要拿着画笔就是落后，就是保守，就是罪过。艺术在这帮家伙手里说穿了是泄欲工具，是招摇撞骗的幌子，他们制造了大片的垃圾，让人对装置和行为本身心有余悸。是的，装置和行为是我们时代的新的艺术方式，它们超越了绘画所能够表达的范围，极大地扩展了艺术的容量，并梳理出了日常生活和艺术之间的各种通道。另外一点，它们不需要许多技巧积累，也很难树立进行比较鉴别的具体标准，因此，混乱、粗鄙、反禁忌反道德等一切东西都

徐坦
《在中国和
家里制造》
2000 年

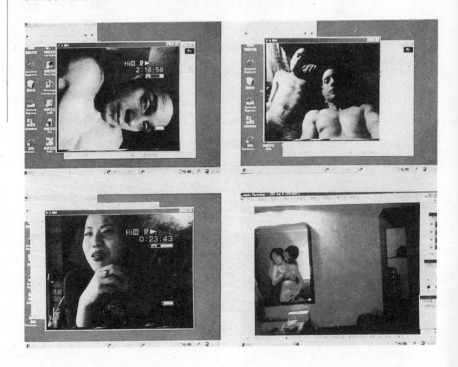

徐坦
《无题》
1999 年

从潘多拉的盒子里跑出来……

文野之分、高低之分、智慧和蠢笨之分是存在的，否则，艺术家将一锅端全是疯子和白痴。

装置成为艺术是西方艺术家反传统的产物，用杜尚的话说：开始是把小便器当作反讽朝资产阶级趣味丢过去，不想被他们接住并大唱赞歌。实际上这是艺术转型期的必然，在穷尽了所有可能性之后，直接用实物充做艺术表达的媒材，不失为一次革命性的胜利。西方的反传统有着深厚的历史基础，巴枯宁曾把"破坏即创造"作为无政府主义纲领，而马尔库塞将其转换成所谓的"大拒绝"——拒绝资产阶级文明的一切规范和道德。反传统刺激着不断创新和更替的冲动，它打破平衡，同时又奠定新的平衡……装置移植到中国，不过是一种现成语言的挪用，已经丧失了艺术史意义的革命性，当然，一些艺术家通过它获得了新生，而另一些艺术家则不小心被它毁掉了。

徐坦在 80 年代画的画有点涂鸦的味道，也有点表现主义意味，主题和画法相一致。他从 90 年代起投入装置艺术的创作，脚踏实地，做得非常认真，保持了他一贯的较为严肃的作风。他和朋友坚持多年搞的"大尾象"工作室是一个试验基地，带有前卫性质，是几个对艺术忠心耿耿的人的群体。徐坦的装置作品一如其人，不极端不偏激，有些含有温和的批判锋芒，现实的针对性比较明确。经过 80 年代洗礼的艺术家大多颇为理性，身上带着浪漫的温情，他们的思考和判

徐坦
《90 年代——
无题第三号》
1990 – 1991 年

断离不开社会责任，总想承担一些道义什么的东西，相对地说，个人化的倾向不太突出。与新一代艺术家比，他们的优势正在社会现实面前一点点削弱，——责任、道义等等，包括对自己个人尊严的维护，是应该值得尊敬的品质，但是社会现实却是，谁最能作秀，谁最能捣乱，谁最能恶心，谁最能死皮赖脸，谁最能标新立异，谁就最能博得喝彩。那些具有优秀品质的艺术

家反而难以进入人们的视野，他们的"优秀品质"成了他们的障碍——当然，我们谈论艺术家不能用谈论好人的标准，艺术家不是雷锋叔叔，好人不一定是好艺术家。——我的意思是想说明，像徐坦这样的艺术家在现实中的真实处境，以及他在创作上可能受到的限制。

从徐坦做的一些与城市有关的装置作品里，我发觉，一个艺术家的气质是不会改变的（所谓万变不离其宗），他仍然忘不了以象征的、隐喻的、类比的办法来对现实表态，无论是《做梦的猪》还是《新秩序》，抑或是《在中国和家里制造》，都在此框框内。我想请读者注意，面对装置作品时，与面对一幅架上画是两回事，不能以构图、色彩、抽象或具象什么的去要求。我看到某些艺术家弄的装置，像从架上画面剥下的外壳，说明作者这方面还是生疏的。——很显然，装置之所以是一种全新的艺术语言，即它不再按照绘画的观念来观赏和品味，不能再按照美与不美来衡量，"审美"这一词汇显得不适应了。装置作品不是为了体现"美"而创作，那么它为了什么呢？我想类比一下：假使舞蹈是运用动作（肢体语言）表达美和美的意味，而行为艺术却与美和美的意味南辕北辙，一个是让人观赏和品味，一个是让人观照和沉思，即使同样的动作同样的方式，内容和实质却完全不同。

徐坦像别的装置艺术家一样，用实物做作品，也有一些经过改制和加工的东西，他将它们依自己的理解安置或排列，以折射他对城市生活及工业产品的观念。他用商店常见的服装模特材料，用快餐盒，用真的摩托，电脑（多媒体）等等，并采用灯光和环境的衬托，所有的一切都突现着他的理性和对秩序的天然的热爱。我说过 80 年代的"新潮"遗民都带有温情的一面，他们撕不开思维惯性的罗网，因此，在作品中时不时地暴露出相对刻板的定型的共性。

我想补充，徐坦做作品所投入的资金太有限，他一直没有解决经费的来源问题（我们国家没有基金会、更没有政府赞助），从已经颇为拮据的生活费中抠出一点用于做作品，自然不会大手大脚摆排场，有时规模的大小、材料质地的好坏直接影响到作品的力量（就像

徐坦
《匀速和变速》
1992 年

好莱坞的大制作比别的国家寒碜的小制作好看一样），艺术家利用最简陋的物品做作品，很难达到精彩的视觉效果。

我在读新一代作者的文章时，时常感叹，我们这代人的语言是相对比较死板的，因为抚育我们成长的语言环境不好，太雷同，太普遍化，缺乏个性和活泼性，——自然，语言是外表，主要是思维问题，——不是说语言是思维的材料么！这一点，在我们同代的艺术家身上也有所反映，他们的智力和智慧都够用，但缺少点泼辣劲头，以及非理性的冲动，无形中似乎在谦让什么……我想起席勒说的一句名言：当进入创作大门时，理性的守门人越宽松越好。

徐坦的问题正是以上所说的，他努力，他踏实，他希望做得更好，然而他的手脚总被某种东西束缚着，很难彻底放开。这种"带着镣铐跳舞"的事实令他处于坎坷境地……一定程度上，也使他难以找到突破自己的缺口，树立起自己真正有力的光芒四射的形象。

管策《白色的T》1991年

管　策

　　我在一篇介绍管策的文章中写道："管策这位南京'先锋'艺术家中的元老级人物，在人们的视野内若隐若现，人们谈论他，经常忘记他的首尾，忘记他在干些什么——经常要等到事情来临，譬如某个展览，某个活动，才想起这位靠时间证明了自身重要性的人物，想起倘若缺了他还真的不行，于是邀请他出场，于是发现他竟然是一根必需的支柱。……一个叫丁方的人是从南京出去的，那会儿大家一起呆过，后来丁方红了一阵（有人很赞赏他献身艺术的信仰及英雄主义精神，也有人说他是做假，是伪崇高，我说如果他一辈子装假就变成真的了），又做了一阵生意。算来已有十几年时间，与丁方同时出道的管策仍然吊在艺术这棵树上……管策的作品有一种抒情的洁净的美，粗一看，似乎与他这人粗犷的外表不相符，这说明他属于内秀一路，即使他尽力发挥想像力，在制作上摒弃柔美的方法，仍难做到狂放不羁，……管策的抒情与他采用的半抽象画法相得益彰，有时候他直接运用照片进行二度创作，这当然和借鉴外国同行的方式有关，在现

成的照片上加工，不仅有一种
特别的形式感，也修正了我们
对视觉艺术的原始观念。……
管策从来不喜欢用许多颜色，
在他那里，色彩的单纯或多或
少反映了他对生活的见解，以
哲学语言说，杂多和单一的矛
盾是普遍性的。管策不用太多
的颜色，是他对自己内心和外
部世界的希求，不要太多，不要
复杂，单一就够了。……或许管
策给人的印象不够明确，以专
业术语讲就是，他的图式不是
十分个人化，不太具有明显的
标志，在我们这样的讲究品牌
效应的时代，像管策这样是要
吃一些亏的。现在艺术家之间
热衷于比差异比区别比特殊，
但是他们很少顾及艺术质量的
高低优劣。管策的不明确与他
的固执一样，他不跟潮流，反对
时尚，另外，他竭力否认艺术家
必须为艺术献身，生活是第一
位的，艺术从属生活，这种低调

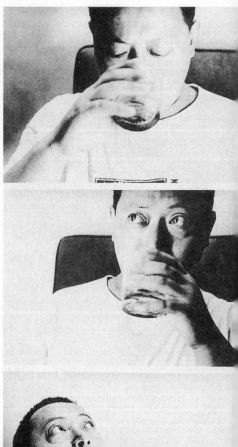

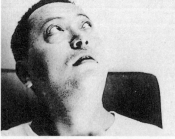

管策《蚊子无过①②③》 1999 年

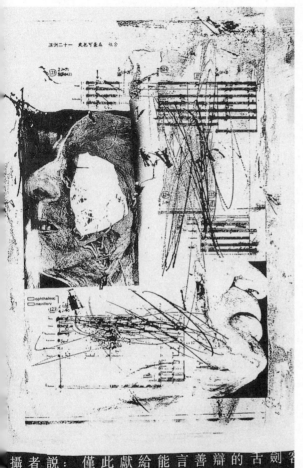

攝者説：僅此獻給能言善辯的古劍客

管策
《残稿与遗言 NO.2》
1999 年

的态度似乎不令人兴奋，但却是他真实肖像的一面。在我看来，惟一能够证明管策的明确性的依据便是他多少年来的艺术追求本身，其余的一切都不重要。"

　　记得第一次见到波洛克的作品时我非常惊讶，他的画面除洒满油彩外，还用了沥青、油漆，粘贴了玻璃碴、碎瓷片什么的。工具、材料的变革，是艺术家尝试在架上绘画上争取更多表现空间的努力。许多艺术家搞的所谓"材料"，虽然仍属于架上绘画的范围，但它的语汇已经大大改变，艺术家不再运用传统的技法去"描绘"和

"刻画"，而仅仅是"制作"和"做"。我时常听到艺术家说最近在"做"什么什么作品，而不讲在"画"什么画。

管策的作品有"画"的东西，也有"做"的和"制作"的东西。管策不极端，因而他的画面不刺激，相反倒比较温和。他的作品具有优美的观赏性，但与传统意义上"漂亮"之类不搭边，是一种抒情的和谐的美，这在当代艺术家中是不多见的。大多数艺术家的头脑里发了狂似的排斥美，故意装扮丑样，扭曲的甚至下流的，以迎合一些胃口出了问题的人的喜好。顺便说一句，多元化的创作与多元化的眼光相适应，有人喜欢这有人喜欢那，这很正常，但有人喜欢大粪的气味，喜欢腐尸的气味（这当然是他的个人自由），并称之为天下第一香味，这叫正常么？管策我行我素，这一点我很欣赏，艺术家应该这样，是什么就是什么，别东施效颦让人觉得没才气没出息。

我把张培力、徐坦、管策这三人放在一起谈论，用意是很明确的。他们都是具备实力的"老哥萨克"，但是在当下他们都越来越平稳，或许将被新一代人取代。这是说，除了他们尚未抢夺到制高点因而缺乏骄人的战绩外，也和他们本身丧失"参与"的激情有关。当代艺术的秘诀之一便是不断制造"事件"，利用"事件"来吸引众人目光，——而"事件"一旦成为文本进入人们的阅读之中，竟然就变为了"历史"。所以，现在有那么多的艺术家争先恐后搞活动，赶场子，拼命增加出镜率，别的不管，先混个脸熟再说。一个聪明伶俐的小子对我讲，作品不重要，活动才是关键——他的说法很符合这个时代的道理，不是有商人扬言么，只要广告做得好，狗屎也能卖得掉。

我在前面讲过当代艺术家是小圈子里的英雄，这里我倒想补上一点，小圈子不一定是坏事，它可能是艺术家的战壕和保护带，使艺术家获得一点可怜的难得的自主。否则，那些对艺术怀有纯洁爱心的艺术家真的没法过了。

管策的作风与南京的整个风气相关。我在外地常听到有人夸南京怎么好怎么适合搞艺术，他们列举种种优点：悠闲、松散、节奏慢、书卷气、铜臭味不浓等等——尽管他们自己不肯来南京过这样的"艺术家的生活"。俗话说，一方水土养一方人，到哪山打哪柴，管策年复一年在南京生活，在南京创作。有一回我对他开

管策
《互为敌意》
1993 年

管策
《残稿与遗
言 NO.1》
1999 年

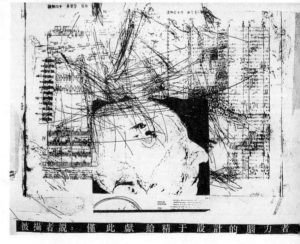

玩笑说,这么多年你混出个地方的"龙头老大"也是不错的。他笑而不答——什么也没有表示。

　　管策从对"材料"感兴趣到对"摄影"有感觉,是一个针对性的过程。他做过很多在照片上绘制油彩或拼贴其他材料的作品,现成的照片是他观念的底色,他遮蔽观念的另一面正是释放观念。同时他也不放弃"绘制"的肌理和笔触,合理地运用它们的美感,观念和"绘制"的综合,是管策的真正的看家本领。还有,管策不怎么考虑民族性、国际性、本土化、全球化这些问题,在他的作品里,没有民族性,也没有迎合老外口味的媚洋的东西,他凭着即时的感受做他的作品,——并且,这种感受必须服从他对形式的要求,——从某种角度看,管策是极其注重形式的但不是形式主义的艺术家。

　　不过无论如何,一个艺术家是逃脱不了天性制约的,管策的局限,正好反证了局限本身并非坏事,它可能成为一个人的符号,——从管策身上,我看到符号的标志,虽然不很耀眼,但远比没有要好。

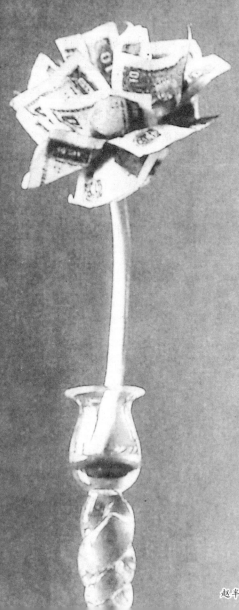

赵半狄《一个童话》 1994 年

赵半狄

在前卫艺术家中，有影响力的人物除了我在书中提及的几位之外，还有庄辉、宋永红、王劲松、朱发东、安宏、林一林、金锋、顾德新、戴光郁、尹秀珍、颜磊、岳敏君、杨少斌、刘炜、周铁海等等。

前卫艺术这一块，始终令人困惑，令人不放心，一帮爱捣乱的家伙和一帮别有用心的家伙在其中兴风作浪，——一会儿吃死人，一会儿杀小动物，一会儿钻牛肚子，弄出使人恶心的作呕的事端，引起人们的极大反感。显然，前卫艺术从诞生第一天起就一直纠缠在法律、道德、伦理、禁忌和习俗的旋涡之中，它既是天才们的实验基地，也是试图在"艺术"身上获得好处、靠"艺术"来立身扬名的人的简要手段。艺术永远不可能与我们日常生活的一切（法律、道德、伦理等等）割裂开来，因此艺术挑战禁忌和禁区的事例永远不会消失。在一个民主的社会，一个开放的多元的社会，胡作非为的家伙不过像臭气一样自生自

赵半狄
《赵半狄和熊猫咪》
1993 年

灭。但是,发动围剿,用法律、道德、伦理等等名义加以制止是被事实证明为是不成功的。

在西方一样面临这个问题,一伙前卫艺术家用变态的极端的反社会的方式进行创作,尸体、粪便、生殖器、性交、淫乱、自残、自杀、受虐、他虐等暴力的血腥的东西司空见惯。他们热衷于对一切正常的有秩序的社会原则予以否定,他们搞艺术的目的就是挑战社会习俗、挑战人的禁忌,在生死、爱恨、美丑这些本质问题上,站在大多数的人的对立面,从中获得快感和动力。正如正面的宏扬需要理论支持那样,他们也不乏种种辩解的理由。——不妨设想,一个艺术家吃死人、钻牛肚子、放自己的血,他对恶心、毁伤、痛苦的体验是指向自身的,不危及他人,理由成不成立?1970 年的某一天,美国艺术家丹尼斯·欧本海姆站在布鲁克林大桥和曼哈顿之间的一块即将倒塌的水泥制品上,危险随时可能发生,而危险就是他的作品,他将其定名为《平行压力》;1971 年,他的两件暴虐作品《投石圈中的恐惧》

赵半狄
《月光号》
1994 年

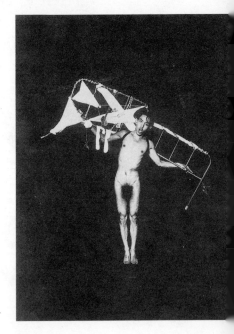

赵半狄
《流传至今的
伟大谣言》
1994 年

和《二度灼伤的阅读位置》已经具有赌命的味道，他迷恋的"危险"、"痛觉"几乎是他作品的灵感来源，丹尼斯·欧本海姆将木契扎入撬去指甲的手指当中。作践自己身体的举动是否属于"私人性"范围？美国艺术家克里斯·泊登将手背在后面，在洒满玻璃碴的地上匍匐 15 米；他还设计躲避神枪手子弹的行为，在真实的火灾中不加防护地突出险境"作品"，真是令人瞠目结舌。

其实，像谢德庆这样的举动（打一年卡、在室外生活一年之类），也包含着明显的对生存问题的反常意识，只不过还在人们容忍范围里边。杰夫·昆斯的作品表达他的"批判精神"是性交的公开化，他试图以此"打倒贵族而抬高下层阶级"，并把资产阶级的自由与"堕落"划一个等号。一位德国女艺术家专门去巴塞罗那红灯区生活，用"淫乱"斩断社会准则的约束。丹米恩·赫斯特的作品把死尸、鲨鱼、牛的剖面堂而皇之展出……这是当代艺术的公害还是当代艺术"民主"的标志？是艺术演变发展所带来的丰富性，还是它走火入魔的歧途？是我们的适应性太差，还是它根本就该严厉取缔？——表态是很简单的事情，站在多数人一边发出讨伐之声更是便当，——问题是，靠外部力量堵得住吗？靠抵制、取缔、围剿，真能奏效吗？

赵半狄从 1993 年开始放弃画画，转而弄装置艺术，以后又做了一些影响颇大的公益广告类的作品。与上面所说的血腥、暴力、变态等做法不同，赵半狄自始至终不和观众为敌，不和秩序为敌，不和正常的人性为敌，他热衷于自我的智性游戏，玩那些别人想不到的花样和戏法，他的作品让人过目不忘，能够轻松地获得人们的首肯和赞许。

他希望在目前的传媒时代做"偶像"和"明星"，通过作品的传播使他的观念深入人心，——这一点，正是他在各种场合设计自己的形象和面貌，从众人的平凡中现身的用意所在。日常生活的"艺术化"，和艺术的"生活化"，把

赵半狄
《听我说》
1992 年

两者之间的界限人为地抹平，——如此，艺术家这一概念便真实地融化到现实的存在之中。在某种程度上，赵半狄在前卫艺术家里也是另类的，因为他的艺术不同一般的"呈现"或"表演"之类的东西，力求最大范围的公众化，并且是以公众不熟悉的方式予以传播，即使其价值和真正的"公益"和"大众化"不可同日而语，但这种尝试对艺术家本人来说是价值大大的。如果赵半狄的标志从此定格为"熊猫咪"系列，情况会怎么样呢？——以"熊猫咪"作为代码，要表达的意念和指向终究是有限的，我觉得将其看做智力游戏最为适合，但艺术的感染力在这样的游戏中会逐渐退场。

赵半狄
《H·金女士》
1990 年

可以想象，赵半狄不拿熊猫咪，而是拿袋鼠或企鹅，他还会开拓出他的广阔绿地吗？正确地机智地选择某样东西作为代码，是当代艺术家策略的重要部分，但它也是危险的，因为它一下子就把可能性全部穷尽了。

并不是说，熊猫咪是与赵半狄艺术的惟一联系方式，在他许多别的作品里反映出的东西一样富有生气（包括他早些年画的那些生活小场景的油画）。例如那件非常不错的作品《流传至今的伟大谣言》。作者将一块 1.5 米宽、3 米高的有机玻璃用两根铁链悬挂在空屋中间，上面挖出一个奔跑、跳跃者的人形，作品以点燃有机玻璃上的空心人为始……这是一个极妙的构思，为观者的阐释提供了很大余地。一个叫冷林的批评家这样提示："他把一些现成品看成是有待完成和有待发展的艺术物质，使这些物质初次摆脱现成品的规定性，转化为崭新的物性语言。现实比观念还要脆弱得不堪一击，人们的联想又可以被物象的身位、环境而轻易地牵制，最后只剩下一个断片的完整。"另一个叫孙津的批评家描绘道："由于有机玻璃是透明的，看上去就像一个人从火焰中奔逃出来。……这时，有可能出现两种结局，一是火烧了一会便灭了，另一种情况是有机玻璃统统烧光了。在前一种情况下，有机玻璃上会留下烧焦的斑斑黑迹，好像脆弱的生命也顽强地在世界上留下痕迹。如果是后一种情况，那么两根铁链将告诉人们，这里曾经有过什么东西。"

我说过本书不打算全面评价艺术家的创作状况，我只选取一个断面，将其放置在当代艺术的环境里加以对照。作家张贤亮分析文学界现状时说，文学界有许多小星在闪耀，但缺乏巨星。这画面与艺术界是重合的，我们能在当代艺术园地挑拣出不少优秀的（年轻的或不年轻的）艺术家，但是一时还难找出优秀中的优秀，平分秋色是眼下的最大特征。另一个问题经常在我与朋友的探讨中突现，——即，多元化、多样性的时代（称之为"后现代"也行），还需不需要巨星？我曾在一篇文章里写道：我们需要优秀的和最优秀的，这才是对我们智力和感觉的奖赏。——为什么我们总对天才和杰出的艺术家怀有敬意呢？为什么我们蔑视恶俗和平庸呢？道理就这么简单。

赵半狄从绘画走向装置，虽不存在递进关系，不证明他从低向高迈步，但他担心绘画的"死亡"这个严峻事实，推动他在绘画以外的领域进行冒险的试验。他力争把艺术实践搁置在时代提供的（精神——物质）基础上，为自己的智力发挥松了绑，也得到了绘画所不能给予他的快感和乐趣。正如他做的灯箱广告和一些小玩意，确实比画画来得轻松，来得事半功倍。

王晋《娶头骡子》1995

王　晋

　　王晋的艺术活动似乎非常"写意"，兴之所至、随心所欲，显示出艺术家很高的天分和能力。自80年代末开始，他一个活动接一个活动，热热闹闹，制造出一个又一个话题，已成为90年代以来批评家眼中重要的角色。我注意到，许多讨论中国当代艺术的文章和书里，都把他当做显眼的现象来对待，说明他的成功是有目共睹的。

　　吕澎称王晋"是一位富于机智的观念艺术家"。姑且不论准确与否，我想起另一个问题：称艺术家是"机智"，在今天算不算是褒奖？——我读过一篇艺术家写的东西，里面愤愤地说，在当今讲某某聪明或机智，无异于一种嘲笑，因为聪明和机智等同于小气和油滑……我想这个世界真是奇怪了，不希望聪明和机智，倒希望蠢笨和粗鲁——词汇的错位正好体现了实际生活的真相。

　　王晋认为艺术来自那些最普通、最平凡的事物，这一点，是与波谱的观念相吻合的，也和欧美艺术思潮中的某种路数（生活即艺术，艺术即生活)相一致的。但是,将最普通、最平凡的事物转换为"艺术",并非仅仅意味着个人主观愿望的实施,如果每个人把自己的每桩事情都"当成"作品,生活真的就"艺术化"了么?再说,将艺术作为过程来看待,它的随机性、偶发性以及不可复制性使它像气泡一样消失得太快,而过去了的"过程"意义何在?

批评家岛子提出:"行为艺术的美学指标是智性化、社会化、异常化。智性化是指观念艺术家的综合素质包括艺术才能、知识结构、人文理想;社会化是主体对于特地社会情境的理解、批判、参与、预言;而异常化则是主体语言方式的陌生化,常常带有策动和警示的惊诧感。"——这样的综合对艺术家是否适宜真是个谜,而对行为艺术的实践能否做出贴近的解说,是另一个谜。由于"过程"最终是以文本形式(图片或者文字记载)呈现的,很多作品的现场效果根本不可能被我们

王晋
《我的骨》
2000 年

王晋
《向胜利前进》
1998 年

领略，所以，任何对它提出的规范和格式都停留在字句上，进入不了作品的经验之中。

1994 年 4 月，王晋在北京郊区大兴县黄村附近正在兴建的北京至九江的铁路施工现场，选用数十种中药、化妆品、颜料、读物、软饮料等物品，调制成一大缸红色液体，涂抹在 200 米长的铁轨和枕木上。同年 9 月，王晋去河南红旗渠，使渠水按他的"红色设想"流淌，——以艺术家本人的话说，叫做切入动脉，输血化疗。同年 10 月，他在故宫城墙下用杀虫剂喷写转瞬即逝的字迹，隐喻一种难以言表的东西。1995 年冬春之际，王晋做了《爆炒人民币》、《炒地皮》两件作品，第一件作品：先在锅里倒入各种调料，然后放进不同时期各种面值的人民币硬币，然后像炒菜一样……然后铲进盘中封存起来。第二件作品：将王府井建筑工地的泥土搁进油锅中热炒……

他那件《娄头骡子》的作品广为人知，艺术

家本人身着黑色燕尾服，手拿花束，一本正经地与一头白色骡子举行婚礼——精彩的是那头木呆的骡子"新娘"：头戴礼帽，身披粉红纱巾，骡脸上抹了两块胭脂，蹄子上还套着黑色长筒丝袜……这是一个玩笑还是一个尖锐的讽刺？艺术家为我们带来一种说不清道不明的意味，——记得某人说过，语言和思维的尽头正是艺术的起点，王晋这件作品算得上是一个很棒的很"机智"的注释。

1996 年 1 月，王晋与姜波、郭景涵策划、合作了一个规模较大的行为艺术活动，他们与郑州天然商厦谈妥，在商厦复业那一天（此商厦曾遭火灾），由商厦出资 5 万，他们在商厦门前的广场上垒起一道冰墙，高 2 米多，厚 1 米，长 30 米，用了 600 多块人工制成的冰砖，内中藏有近千件商品：钟表、玩具、鞋子、香水、口红、手机、拷机、金戒指、电视机等等；事先用广告形式通知了市民，典礼刚结束，成千上万的市民用各自携带的工具连敲带凿，将冰砖中的商品取走……

1997 年 10 月，北京颐和园长廊内挂起了一件奇特的服装——所谓的"龙袍"，是王晋用软塑料材料制成的作品。在熙熙攘攘的游人的诧异目光里，这件作品虚幻而又现实，通体透

王晋
《中国之梦》
1998 年

王晋
《九龙·涂
红铁轨》
1994 年

明，却呈现龙的图案和波浪花纹……王晋将这件2米多高的龙袍定名为《中国之梦》。

我想提及王晋的新作《我的骨》，这是他"机智"的又一绝妙注解。他用陶土制作人体的骨头，并将其放大到恐龙的尺寸，一根一根矗立，——尽管我没有亲眼看到，但我想象得出那种惊心动魄的视觉冲击力，与王晋历来的作品一样，他设置了相当多的文化密码，让我们去解读……

没有艺术家的异想天开，就没有我们言说的快感和空格。同样，艺术家放任想象，化经验为行动，实际上是为艺术史的开放和延续增添内容，——我相信，中国当代艺术的热热闹闹的场面中，虽然掩盖了许多粗鄙及贫乏，但其中的有些人必定是要被书写进历史的——哪怕字是历史之庙里的一尊小菩萨。

王晋作品在人们印象里更多的是与社会学意义联系在一起，可能和他自身的经验和注重点有关。例如，他在故宫的砖墙上画出面值不等的美元图案，此作品竟然入选了"第三届中国油画年展"，但后来因故退出了。——批评家孙津开始借题发挥了："事实上，并不是中国艺术界拒绝把货币图案当成作品，而是故宫本身的象征意义与美元发生了冲突。选择故宫，在艺术家肯定是有所考虑的，很显然是作为中华民族的一种传统来对待，但是在改革开放的市场经济中，传统却被标上了价格。"（注意，王晋将这些有美元图案的砖块标上 1 万元的收藏价格）

没有"社会学意义"的解释，艺术家的活动是否缺少了什么呢？但是"社会学意义"在艺术中又是多么单一和干瘪——艺术的指向永远是多义的，永远是不明确的。我经常思量，很多时候艺术家的活动连自觉和自发都难区分，灵感纷至沓来之时，创作冲动几乎是惟一的，活动本身解释了一切。我丝毫不否认艺术家事先的构思可能比我们想得更深刻更透彻，但是作品不是"意义"的简单载体，——"意义"终究是派生的，"意义"越模糊就越说明作品具有开放性和艺术性。正像王晋的作品（活动），当他的观念（想法）过于明确时，他就处于失败的边缘，而当他糊里糊涂、不知所谓时，他便快要跨上成功之筏了。

马六明

在吴文光对马六明访谈中，我了解到马六明的见地，眼下行为艺术的三大问题：一没有专门研究的批评家；二是大环境问题；三是经济问题。作为中国目前叫得响的行为艺术家，马六明的说法是从皮肉上体会出来的（高尔基对被哲学武装到牙齿的学问家说过，我的哲学是从皮肉上熬出来的）。

行为艺术的命运在中国确实很坎坷，一直跌跌爬爬的，与那些安于现状的画画的人相

马六明
《芬·马六明
在 P·S·1》
1998 年

比,要吃亏得多,远不像有的人认为的,只要肆无忌惮地乱搞一通就能引起西方人士的注意,就能出国,就能享福。由于行为艺术的表演性,针对日常生活的秩序和禁忌,引来诸如道德、伦理、习俗甚至包括法律在内的争论,所以很容易被人看做是"乱搞"、"出风头"、"伤风败俗"等等。我不否认其中有些家伙的确是为了捣乱,为了一举成名,他们的存在加深了问题的复杂性,使人们更是警惕和反感。我想说,人们对传统绘画中的平庸、恶俗、低级能够容忍,对行为艺术却横挑鼻子竖挑眼,——这倒很像列宁说过的,把脏水和孩子一道泼掉。

马六明
《芬·马六明的午餐》
1994 年

宽容行为艺术的存在,与纵容犯罪行为和变态行为完全是两码事。毫无疑问,行为艺术不可能因为某些人抵制和反对就终止,社会秩序或习俗带有扼杀新生事物的本能,但新生事物从来没有在扼杀中灭迹。房龙当年提倡宽容,面对的是宗教和社会专制;而今天我们再次呼吁宽容,是为时代的更加开放和民主，不要因为某些人的僵化和守旧而使时代蒙羞。

马六明
《芬·马六明》
1993 年

马六明自 1993 年起从事行为艺术的创作，此前他还手抓画笔老老实实画画（顺便提一下，他毕业于湖北美术学院，是魏光庆的学生）。先来看看他的简历：1993年，《芬·马六明》系列一，做于北京东村。1994 年，《芬·马六明的午餐》系列一、系列二，做于北京东村。1995 年，《芬·马六明和鱼》，做于北京；与 10 位艺术家做的《为无名山增高一米》是一次集体创作。1996 年马六明做了不少作品，有《芬·马六明》系列三；有《三十六张自拍》系列一；有《芬·马六明在东京》；有《芬·马六明在长野》等。之后，1997、1998、1999 这 3 年，马六

尹秀珍
《酥油鞋》
1996 年

明分别在北京、东京、纽约、巴塞尔、旧金山以及加拿大、新西兰(包括威尼斯双年展)等地展示其行为艺术。

行为艺术在当代中国远远算不上"丰收",如马六明依据其切身体会指出的那样,由于三大问题的制约,它的影响面窄得可怜。记得几年前高铭潞回国路过南京,我与他讨论有关行为艺术的一些问题,他强调,行为艺术与其他艺术一样,都是艺术家表达意图的"语言",他误以为我反对,故特地比较详细地陈述了他的观点。我说,我丝毫没有反对行为艺术这一"艺术"，我只是认为中国的行为艺术模仿性太强，缺少价值性。最后高铭潞笑言，这是个人背后所匿藏的问题，账不能算到具体某人头上来。

马六明第一回做行为表演是出自灵机一动，看看他自叙的"初夜"经历："首先是——当然是安排好了——在天花板上装上有颜色的一个塑料袋，表演的过程是观众都在房子四边站着，然后放平克·弗洛伊德的音乐《墙》，这和'对话'有点关系。然后我把一个桌子搬到屋子中间，然后上了桌子，然后发现天花板有条裂缝，然后抚摸裂缝，然后试着用手指穿进去，然后有许多血流下来，然后有种晕的感觉，失重的感觉，然后张洹把我抱下来，这是我事先安排好的结尾。"——请注意，这个灵机一动有其契机，以采访过马六明的"自由撰稿"人汪继芳这样写道：终于，他找到了切入点："包装"自己。就在这时，英国著名艺术家乔治和吉尔伯特来到大山庄。马六明一阵激动……马六明把9月4日表演活动命名为《与乔治、吉尔伯特的对话》。

这里我想说，就我本人而言，很难从定向思维之外去考虑和评判，——不过，我并不认为行为艺术有多神秘和深奥，它不在规则之

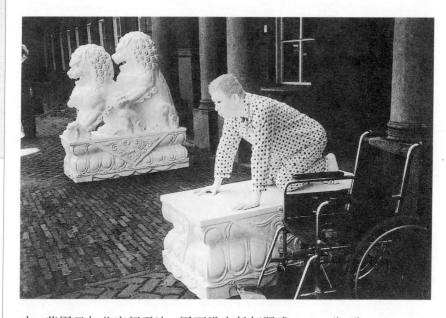

中，范围又如此广阔无边，因而没有任何既成
的标准去衡量，无论是"现场"或是"文本"，其
意义都产生在过程里面，艺术家本人的意图和
观众的感受可能吻合，也可能南辕北辙，结果
都一样，没有所谓的"懂"和"不懂"，只有感受
的"深"和"不深"。有人对德理达的后现代理
论这样评说道，如果不懂，就是不懂，如果全
懂，也是不懂，如果懂一半不懂一半，说明真的
懂了——此例正好可用来对付行为艺术，过程
细节和我们的理解无多大关系，而其观念，隐
蔽性太强的话，可以忽略不顾，过于浅显的话，

林一林
《墙自己》
1993 年

则表明其程度的肤浅，一样可以不做认真对待。

马六明的作品大多定名为"芬·马六明"什么什么的，是他为自己树立的一个招牌。据他自己说："'芬'在中国是很多女孩的名字。然后还有另外一个意思是'分开'，是女性的脸，男性的身体，作为一个符号来做。"自然，这和他的自身条件相关：长得"像女孩"，消瘦、漂亮，长发飘飘，加以利用的话，不失为一种资源。应该说，马六明的行为表现并没有多少离奇和尖锐之处，日常化和对日常化的处理是他的主题，他把"芬"融进日常之中，成为他作为艺术家生活的一个方面，"表演"仅仅是在众人面前呈现而已。如他自己所说的：多年的生活经历使我深深地感到艺术远没有像人们所认为的那么有价值。生命本身的意义远远超过了它。所以我选择了生活式的艺术方式来表达我的艺术观点。

回忆与栗宪庭聊及行为艺术家的传闻和故事，他重复说了几次，他们很有意思，很有意思——是的，说得太多便只有画蛇添足。还是维特根斯坦说得好：无法言说的，就该沉默。

张大力《对话》1997 年

张大力

有一次我在北京，与一位资深的理论家同坐一辆汽车，经过某幢楼房的时候他突然叫了起来：看，那边张大力的涂鸦！——我看到了，几个用油漆喷出的人头图形，典型的张大力标志。这位资深理论家像在问我又像自问：这东西算不算污染环境？接着他咕噜了一句：像这样的东西应该由警察来管！

张大力没有明抢暗偷，没有破坏公共财物，没有对谁施暴或者非礼，叫警察来管教无论如何太过分了。另外，即使他的作品确实像城市的游魂，不时地干扰一下人们的神经，入侵一下人们的视觉，又怎么样呢？我想，出现在公共建筑上的张大力事实上是很温和的，他小心翼翼地试探人们的容忍度，一点一点靠近人们身边，像个不受欢迎的带菌者，人们的宽容和接纳，对他来说几乎算得上是上帝的福音——我想说，如果张大力的东西仅仅是毁坏环境的乱涂乱画，像我们称之为"城市牛皮癣"一样，自然该受到法律法规的制裁，但倘若它远没这么严重，而且还有助于我们认识艺术方式的多样性，我们为什么要横加

张大力
《对话》
1999年

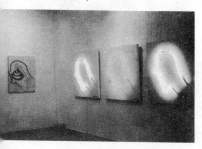

拒斥和痛责呢？我们历来都对新鲜的不熟悉的东西防卫过当，欲扼杀而快之。正如鲁迅早就说的，在中国，搬动桌子需要先拆房子。

张大力画过一段时间的传统中国画，觉得没意思，他心目中的艺术是另一种模样，他说："我经过许多年的思考，发现艺术是研究人的东西，是人类学的一部分，必须抓住那神经，如果抓不住神经做艺术家没意义，……我搞艺术很多年，直到最近这两年我才跨过这道门槛，这槛很关键，如果跨不过去，那么艺术很难搞，无法沟通，没办法和别人对话。"把对话作为艺术符号的要求，张大力因此获得了灵感——这种灵感来自于他旅居意大利时候的环境触发，按他本人的话说："最早就想我要跟这个城市有联系，但你怎么联系？怎么跟人家有交流？通过一个东西、一个符号？但这个符号是什么样子你才能有一个更大的交流？我寻找这东西，最后我找到了，实际上这个符号就是我自己，找来找去，找到自己。我这样做当然跟我当时的心理状况很有关系，我在那里很孤独，比较苦闷，一个是我不会讲意语，一个是不认识当地的艺术家，最后采取极端的办法去强迫别人看我的作品。"

确实，张大力的做法有点儿不太讲理，

张大力
《拆》
1998 年

张大力
《对话和拆》
1998 年

他用黑漆在一些建筑上喷自己的头型，强迫人家与他"对话"，正如一个饶舌的家伙在别人耳边不停地呱噪，他不烦别人会烦。如他所说："我就是想强迫别人接受，这就是我想要的结果，而且我的艺术就是脱离了美术馆，到了别人附近，进入你的生活里边。"——可以想象，无论在意大利或是中国，张大力昼伏夜行，像个夜游神似的，在黑暗掩护下捣鼓他的"作品"，见不得人，见不得光明，——当然，这是在他"出名"前的境况。张大力的符号浮出水面之后，墙壁上、建筑上的那些光头图形就是显著的"罪证"了，喜欢恶作剧的人可以按他之名作弄他，正应了一句"人怕出名猪怕壮"的老话。况且，张大力明知"名"的风险很大，他还是敢于应承下来，这说明艺术家的孤独比风险难以忍受得多。

在街头，我们并非只见过如张大力这样的涂鸦——只是别人的涂鸦随意性很强，或者只是为了一时的宣泄，或者是为了破坏环境，就像那些恶意毁损公共财物的人，没有长远的"艺术构想"。张大力以他活动的一贯性，以他符号的稳定性抓住了人们的记忆。我们的环境"多"了一样东西，它美不美好不好在其次，它人为地"多"了出来，成为我们的话题，和艺术家本人对我们的解释不搭边。如我们看到墙上的光头图形，我们就会说，瞧，张大力在那边。

宋江一伙好汉的口号叫做"杀人放火受招安"。而当下许多艺术家的策略也大差不差，先捣蛋后入体制。他们开始时的做法是挖空心思、绞尽脑汁捞取名声——手段在其次，目的第一，不管白猫黑猫，会抓老鼠就是好猫。所以他们更多地考虑如何使自己在五花八门的艺术种类里突出来，别人站着，我就躺着，别人涂面孔，我就涂屁股，只要极端只要耐心，就会逐渐地得到众人的认可。张大力的"对话"其实简单不过，是从西方语系里脱胎而出，稍稍加以改造，转换为自己的符号，无疑是移花接木的取巧——当然，"取巧"二字在中国艺术家那里算不上贬义，因为现代艺术、当代艺术本身便是移植来的，中国艺术家能做的是移植得好与差的区别……

张大力
《对话》
1993 年

如果张大力坚持做一个真正意义上的街头艺术家，我觉得更有意思——这层意思，是从他作品的价值上评说的，然而他的目的仍然是进军博物馆、美术馆这类"艺术殿堂"。他说:"我要艺术舞台,博物馆这个舞台更重要,我的展览也是我关注的一个事情,我觉得这和我在街上做活动没有什么冲突……我一开始进不了博物馆,博物馆不能给我一个位置,我就利用这种方式慢慢向博物馆推进,使它被迫无奈接受我,给我一个位置,就是这样一个过程。"

我不知道,从街头巷尾跑进博物馆、美术馆的张大力,还有没有原先的魅力,人们还愿不愿意与他"对话"?

艺术家赖以存在的理由各不相同,他们的意义和价值也有天壤之别,但有一点是一样的,即他们必须依赖人群、依赖社会、依赖传播。没有一种离开人群、社会和传播的所谓艺术。正因如此,艺术家扮演的角色才丰富多彩,有的崇高,有的媚俗,有的好色贪财,有的安贫乐道……

我不认为张大力进军博物馆的想法有什么不对,只不过我觉得他的符号一旦离开了产生它的那个语境,变得正模正经起来,它会不会像榨干汁液的剩渣一样令人生厌?就如黑旋风李逵穿上官袍,要多别扭有多别扭。

宋　冬(等)

　　我想重申一点，写作本书的目的，是为了向读者简要地介绍中国当代艺术中的一些人物和现象，因此用的不是"史笔"，而是漫谈和描述。书中涉及的艺术家都有自己显眼的招牌，很容易被一眼认出，但这不证明他们是最优秀或最具代表性的。我只是有选择地告诉读者，中国当代艺术中那些正在发生和发展的人和事，或许，他们之中会有人要进入历史，并占据重要地位，那是后人要做的工作，与本书的写作没有多大关系。

　　另外我发觉，对于价值和意义的看法，我与很多同行之间差距颇大，就如艺术家的创作越来越个人化一样，批评家的鉴别和判断也趋向于个人化，普遍的共同的观念遭到前所未有的削弱，这是好的，丰富性不仅表露在存在的多元和多样上，同样也体现在看法和立场的多元和多样上。

　　毛泽东在论述认识事物的方法时提出，要解剖麻雀，以点带面。我发觉在面对中国当代艺术时，给我的印象

宋冬
《水·拉萨》
1996 年

正好相反，总体上似乎还能够让人保持几分信心，但是对"麻雀"的解剖却不那么令人兴奋，我想说，很多麻雀（不是全部）其实是塑料制成的空壳，里面什么也没有……

宋冬的艺术活动被某种观念贯穿始终，虽然不像别的艺术家那样突现很强的图式，但他依靠思想的连贯性续写活动的可陈述性。——换句话说，他的作品带有观念的启示性，而活动本身又富有精彩的戏剧性。有一回我和批评家王林交谈时，他以很赞赏的口吻说，宋冬是个极具智慧的观念艺术家。

例如，他的作品《冰上写字》、《用手指在河中写字》、《一盆儿墨》，都是把具体活动与乌有的结果结合起来，过程指明了一切，也结束了一切。他从1995年1月开始，用清水在一块石头上记日记，所记的内容是艺术家本人的私人生活，但是，这些书

宋冬
《哈气》
1996 年

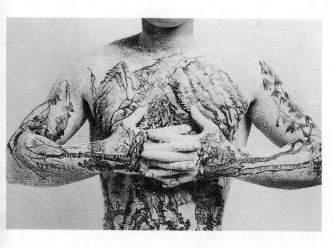

黄岩
《中国山水·
文身系列》
1999 年

写很快就被蒸发。可以设想,艺术家每天重复这种虚无的书写,其意义完全超出了"书写"而成为指向虚无的观念,而这一点,能够延伸无数言说的内容。

他的另一个作品《哈气》(在天安门广场哈出一块冰砖),被王林视做中国当代艺术的"经典",这位"充满智慧的观念艺术家"的过人之处,也许仁者见仁智者见智,不过,他把自己置身在一个相对窄小的范围,做他力所能及的事情,确实不失为聪明之举。

黄岩的《中国人体、山水、文身》在圈子内是知名度很高的作品,我在好多地方都听到人们谈论它。有一天我翻阅艺术杂志,看到西方艺术家早在人体上作画,虽然样式不同,黄岩的做法与其如出一辙,说明艺术家在穷尽一切可利用的手段时,想法不免会撞车。

黄岩把中国传统山水画描绘在躯体、鼻子

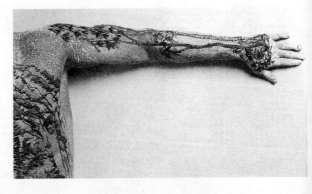

黄岩
《中国山水·
文身系列》
1999 年

上、手指上，等等，是一个不错的形式，这种结合给人以智性的幽默感，此外又聪明地解决了图式的个人化问题。彭德认为黄岩这些作品有其非常优良的品质，是中国当代艺术中数得着的品牌。我觉得，一个艺术家给人清晰的感官认识，无论其深度如何，总是一种优先的便利，——观众大多是懒惰的，谁奇特谁清晰就先记住谁。黄岩进入我的视野是因为他的《中国人体、山水、文身》，我听说过他的其他活动，——譬如，《黄岩新闻——垃圾新闻》，通过邮寄的方式发往全

黄岩
《中国山水·文身系列》1999 年

邱志杰
《"好"系列之一》
1998 年

国各地。他的另一举动是对 20 多座城市的拆迁建筑进行拓印，拓印那些门窗、内墙、外墙、楼梯、门牌、走廊，以及一些生活用具，从"城市考古学"命名中可以看出中国城市的巨大变化。

　　邱志杰在几个领域都做得颇有成效（做作品、策划和写作），我遇到爱好和兴趣不同的人，都对他表示肯定——顺带说一下，我读过他一些文章，与他的艺术活动一样，隐含着智性的力量，与一般凭感觉和热情冲撞一气的艺术家比较，显得更高妙些。当然，邱志杰还没有特别突出的作品让人注目，我想主要的问题与他"考虑"得太多有关，寻求意义的手段往往被意义压扁了，这样的话，理性痕迹必然太重，而使他人失去对他的视觉"记忆"。

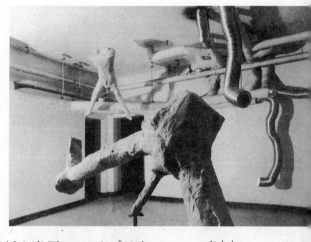

邱志杰
《心魔》
1999 年

也有时候观念是不需要依靠视觉"记忆"的，它独立成章，成为某种理解存在的钥匙。几年前，邱志杰在一张纸上书写 1000 遍《兰亭序》，将纸写得漆黑一团，内容在书写过程中彻底消失，——这样的做法，我在别的地方多次见过，用过程来消解目的，或者说，目的就是为了消解，只不过让过程在时间里呈现。邱志杰的《立场》是典型的哲学注解，带有犬儒主义味道：艺术家用笼子表达人的自由之谜，看看笼子上那块写着"每个笼子都把它之外的世界关闭在它之外"的牌子即知。

在另一种形式的实验上，邱志杰同样不居人后，他设计的一系列的照片（所谓观念摄影）相当有意思，例如《好》系列，运用情境、气氛和人物服饰的错位感觉，折射出历史变迁的微妙信息，使人会心一笑——作者在玩智力游戏的本事真可说是炉火纯青的。

高氏兄弟被不少批评家看好，"看好"背后当然有其分量支撑着，他俩在很多年来从事各种实验，点点滴滴，积累起来便非同小可。我曾到过他们的工作室，那是他们的艰难时刻，寒碜、拮据、缺少资金支持，和许多不肯向世俗俯就的艺术家一样，他们的艺术活动是靠一只看不见的手牵引的，这只手不是大家信奉的亚当·斯密之手，而是称之为"理想"或"精神"之手……高氏兄弟最著名的符号是《大十字架》系列，按吕澎的话说，是90年代后少有的以宗教方式完成的作品。提示精神的在场，显露对当代艺术中的机会主义、非理性主义、颓废主义、玩世主义和犬儒主义的极度厌恶，它与80年代有些艺术家追求崇高、伟大和神性是一脉相传的，不过到了90年代，重提崇高之类概念，并且身体力行，就有其完全不同的含义。相对而言，我不太

高氏兄弟
《中国叙事》
1999 年

高氏兄弟
《临界·大十字
架——黎明的弥撒》
1994 – 1996 年

高氏兄弟
《历史断章》
1994 年

喜欢观念过于明确的东西——尤其是口号式的和说教式的东西，它们仅仅只表达作者的立场，艺术能够说明的内容是有局限性的，不同于宗教、文学、哲学等等。《大十字架》代表了一种微弱的呼声，高氏兄弟想要宏扬的崇高精神与极度势利的现实境况不可能合缝，注定只能成为一面观念的旗帜兀自飘扬。

精神的在场问题一直是高氏兄弟关注的，而在制作上的自主性却不因此削弱。无论是《大十字架》系列，还是《红色文明史》、《当代启示录》、《货币甄别·握手》，都显示出他们的独到之处。他们说："现代人不再去致力于那些耗费时间的东西。随着古典艺术在现代信息社会的终结，代之而起的便是与现代信息传播方式相对应的机械复制艺术。"从繁重的手工劳动中解放出来，利用一切可以利用的技术手段，达到简捷、快速、奇特的效果，这确实和我们的时代节奏相一致。但这只是艺术的一类方式，在另一些艺术家那里，坚持繁重的类乎于苦行僧般的劳作，以寻求他们的艺术梦想，同样是一类存在的方式。

黄一瀚(等)

　　90 年代中期，有一种艺术现象成为圈子内的热门话题——即所谓的"艳俗艺术"。不少批评家围绕它发表过长篇大论，几家杂志向我约稿，要求我谈谈我的"高见"，当时我的脑袋里实在榨不出"高见"，也就只好作罢。像 90 年代的其他艺术现象一样，"艳俗艺术"的寿命并不长，匆匆亮相，匆匆卸妆——这符合当代艺术"你方唱罢我登台"的现实——当然，现象熄灭之后，艺术家的活动及作品被作为记载沉淀下来，构成当代艺术全景中的不可遗漏的事例。

　　对于概念，我素来抱有警惕，文坛也好艺坛也好，概念满天飞、旗帜到处竖，什么"新生代"、"新状态"、"身体写作"、"美女写作"、"70年代后写作"；什么"政治波谱"、"玩世现实主义"、"新学院派"、"艳俗艺术"；真的令人眼花缭乱，不知所云。其实，优秀的杰出的作家、艺术家不是靠概念和旗帜立身扬名——事过境迁，人们只会记住作家、艺术家留下的实绩，而遗忘一切概念和旗帜。

　　因此，我更关注的是艺术家个人的创作，

尽管我深知社会、文化背景的重要性，以及它们制约艺术走势的必然性。对于社会、文化动态的观测，和对艺术家的个案分析不能混为一谈，否则我们所做的一切都会落入社会学数据报告的窠臼。有时候，现象本身已经足够，本质主义必须让道——将艺术的自律赋予突出的位置，而艺术家则是这个位置的主体。

黄一瀚
《中国棋盘——美少女大战变形金刚》
1996 - 2000 年

　　黄一瀚的名字与"卡通一代"联系在一起，是比较奇怪的，因为按他的年龄看，不属于"新人类"或"新新人类"这一代，但他却是"卡通"文化入侵艺术的发起者和代言人。这说明，艺术家的年龄层次与他的关注点和切入点关系不大。我与黄一瀚交往不多，但被他投入艺术的狂热劲头所感动，凭我的直觉判断，他是善于打前沿战的人物，能够迅速抓住现实变化的瞬间，并赋予它以视觉的形式。黄一瀚说："早在 90 年代初，我就预见这样一代人的成长和形成，即生于 70 年代后的一代人，他们喝可乐、吃汉堡、看卡通片（当然是日美欧的）长大成人的，必将会带来中国社会人类学及艺术学上的重要鲜活元素。现今，卡通一代已长大成人，他们在各个领域张扬自己的个性，并将这一代的生活观、价值观、爱情观等张扬给上辈人看。"——以其说法，每一代人都有自己的文化，当新一代人构成了文化（艺术）接受者和消费者，他们必然地要求拥有自己的趣味及表现空间。

黄一瀚的作品和他的活动是一个整体，在他追寻的"当代性"艺术表达方式中，艺术家本人是作为作品出场的，他必须站出来呼吁、阐释、宣扬，将他的观念变成一面具有现实内容的旗帜。我不能同意黄一瀚这种一刀切的文化（艺术）主张，我觉得任何时代的文化（艺术）都不应该清一色，无论它是外力强加的还是自然生成的，用马尔库塞的话说，清一色就是对人性的攻击，把人变成单向度的存在。然而我认为黄一瀚的实践无可非议，至少，他给这个时代增添了一笔艳丽的色彩，引诱我们的目光朝他的方向睐盼。

黄一瀚
《米老鼠快乐
所以我们快乐》
1999 年

在我策划、主持的《新中国画大展》上，我和黄一瀚交流了对艺术发展可能性的看法，他与我一致，认为传统媒材尽管不能断言已经山穷水尽，确实越来越显示其局限性，新的媒材以及在新媒材上积累的表达手段，将创造未来艺术的更大空间。黄一瀚这么宣称："卡通一代是中国虚拟艺术的先驱。卡通一代与政治波谱、新生代艳俗艺术最大的区别在于，前者在中国艺术史上第一次从人类社会学的角度，探讨中国新人类的日常生活经验，第一次提出以'新人类·卡通一代'来为新一代命名，并具有明显的电子虚拟未来性……"可以看出，黄一瀚决不能同意自己的艺术及艺术活动与"艳俗"沾边，概念之争在这里变成发明优先权的掌握，而"艳俗"也好，"卡通一代"也好，都是现实存在的某个局部在艺术上的折射。艺术不可能预示未来，它只预示"预示"本身，艺术不是人类社会学转型的预演，它只

杨卫
《中国人民很行系列》
1996年

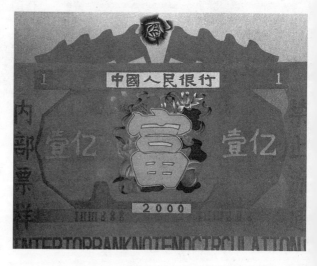

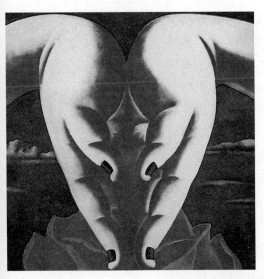

李路明
《中国手势 NO. 10 》
1997 年

包含了某种社会心理的信息。黄一瀚的宣言不如他的描述来得精彩——他说："新文化都是从外表的张扬开始的，崩克的'崩文化'就是从服饰、发式开始发展到行为，成为崩克文化现象。'文革'时期的红卫兵小将的寸板头、军装、红皮语录等成为文革时期独特的文化景观。80年代的新生代的光头、文化衫等发展成为痞子文化。依我看，'哈日族'或'韩流'，他们共同的特征如染发、穿松糕鞋、耳朵穿数个洞、文身等，这些也将发展出属于这一代的卡通文化，这种文化的特质是：人生平面化、玩偶卡通化、电子网络化。"

从黄一翰的作品名称就能发现他与现实生活有多近：《中国棋盘——美少女大战变形金刚》、《麦当劳叔叔进村啦》……

把现成品拿来稍稍加工做成装置作品，是当代许多艺术家的选择，黄一瀚选用了玩具，以及最流行的城市孩子所喜欢的符号：卡通形

象或快餐形象，渲染了一种我们可以置身其中
的强烈的现实气氛，它与我们最熟悉的日常经
验相一致，它轻松、幽默、浮夸、花哨……掩盖
了生活的沉重的一面，使我们被这种虚拟的节
庆气氛所迷惑，正如一篇文章的标题：把理想
当汉堡吃下去——黄一瀚将生活浮夸、花哨表
象呈现出来，这种表象浮光掠影、过眼烟云，并
不能概括全部成长的一代人的精神状态——
正是如此，他画龙点睛般地点出了生活现象的
某个突出方面。

　　附带说一句，有人把黄一瀚归类在"艳俗
艺术"，我不理解，艳俗不艳俗无所谓，我觉得
概念与实际之间总该有点联系才行。

　　真正的"艳俗艺术"是徐一晖、王庆松、俸
正杰、胡向东、常徐功、杨卫和孙平等几个人的
专利，一些人把李路明算在里面，我以为有点
"冤枉"。

　　做"艳俗"的艺术家大多把作品做得比较
小，而且精致，这与"艳俗"所泄露的气质是吻
合的。我说的"小"和"精致"不纯粹指外观或貌
相，而是内在东西，可以说，与"玩世"和"政治
波谱"比较，"艳俗"的格局和气势要小得多，关
注面也更显得聚焦。我不关心"艳俗"这一概

念，作为当代艺术的某种现象，有它的一席之地——而真正主要的是，倘若里面的艺术家大多是些脓包，道理说了也白说，反之，艺术家都很行（借杨卫的作品《中国人民很行》之意），我们便不得不服膺它的魅力。

徐一晖是我的校友，彼此交往不算太多，聊天的机会很少，对他的艺术观念我只能了解个大概。徐一晖以前画画，不知哪一天开始做"艳俗"了，有一次他拿作品照片给我看，令我惊讶，作品做得很好，很有看头，只可惜模仿性稍稍明显，我立即想到了昆斯的东西，如栗宪庭总结的：艳俗艺术在语言上受过昆斯的影响，但这种影响是一种启发，启发了中国艺术家不能忽视中国当前艳俗文化的极度泛滥——是的，我又要说是背景问题，没有西方的版本，我们的艺术家如何能够获得表述自己想法的"语言"？现实永远是所谓的"自在之物"，它自在地存在着，外在于"语言"，而"语言"才是艺术的根本。实际上，模仿是我们时代不可避免的共性——不是模仿古人就是模仿洋人，这说明，原创的时机尚未来临，模仿、挪用、借鉴、移植等等，与当年鲁迅讲的"拿来"是一样的，"拿来"为我所用，至少比不拿好得多。

吕澎说："艳俗艺术家具有 20 世纪艺术历史的知识，他们受到了现代主义和后现代主义的教育，他们事实上没有任何坚定的思想立场，并习惯于语词的游戏。"此话是否点中穴位？听听徐一晖的自叙："我喜欢看电影、录像、金庸小说，艳情小说也没少看，虽上过大学，但没有正式职业，充其量也就是社会大众的一分子。身份一定，个头马上就矮了一截，不免就俗了。"又道是："像我这样蝇营狗苟地忙于租个便宜舒适的房子、买煤取暖、冬贮大白菜等等日常琐事的普通人只能在童年记忆中挖掘一场幻想中的彻底革命，而在这个改革的年代，这场英雄主义革命已成为不可能，……我个人的痛苦和欢乐并具有普遍的真理性，而成为私密的个人经验。"——低调处理，是当代知识分子的一大特点：我不行我软蛋，你们别要求我充大好不好！——但是，低调并不表示放弃，只不过在方式上更为实际，更

徐一晖
《丰收系列之一》
1994 年

精明，虽不能断言其为"没有任何坚定的思想立场"，至少也谈不上"有"坚定的思想立场。

有一点可以做结论，"艳俗"艺术家至今还拿不出分量很重的作品——例如，徐一晖做陶瓷也好，做综合材料也好，昆斯版本的影子过于明显，严重妨碍了他在艺术上的进展。有时艺术家毕生的努力很可能是为他人作嫁衣裳。

徐一晖
《丰收系列之二》
1994 年

"艳俗艺术"成员的大部分作品我看不上眼，除了花哨、平凡、庸常的外表之外，什么也没有——当然，他们可以说，这正是我们追求的东西——问题在于，艺术的价值不在于追求而在于效果，不在于你想了什么而在于你做了什么，因此我总忘不了博尔赫斯那句咒语般的话：只能做你能做的，而不能做你想做的。

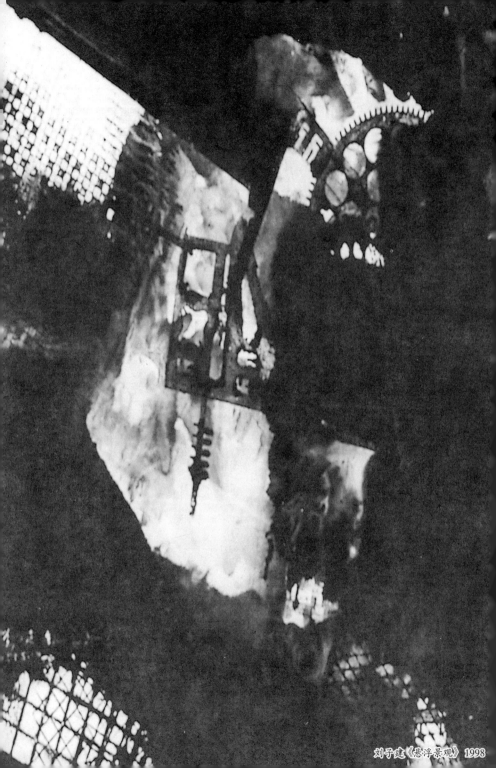

刘子建《悬浮景观》1998

刘子建(等)

水墨画实验是 90 年代后的重要话题，它起源于 80 年代关于中国画"穷途末日"的讨论，及 85 新潮的有力推动，由年青一代艺术家在"中国画"领地发动"革命"，并大有"将革命进行到底"的势头。在"新中国画大展"中，我汇集了海内外 90 余位最具代表性的画家，分了三大块：传统水墨，实验水墨，综合材料，其中实验水墨唱了重头戏。

刘子建
《迷离错置的空间之八》
1999 年

自然，实验水墨是"创新"的结果，我在画展的前言里写道：我们不得不面对一个谁也无法回避的事实，即——十多年来的中国画面临了前所未有的外来艺术的冲击，比起 20 世纪初的较为局部的"西化"风潮，当下的"西化"已是大面积的和全局性的。如果说，本世纪初的中国画坛只有比较少的先驱者从事艰难的探索活动，大部分画家仍然心安理得坚守在古人荫蔽之下的话，当下的情况正好相反——只有

较少的画家还在原地踏步，大多数画家正在或多或少地进行着嫁接和借鉴。几乎所有卖点全落实在时髦的西方艺术上，无论是表面形式的花样上，还是对艺术的观念上，中国画原有的手法反而成了手段，本质变成了表达另一种现实的东西——请注意，这是一种根本意义上的改变，正如以往那些坚持创新的画家经受冷落和打击一样，当下坚守传统的画家却成了人们嘲笑的对象。非常清楚，这是典型的时尚的体现，从中能够看到人们对于"创新"的不切实际的热忱和幻想。

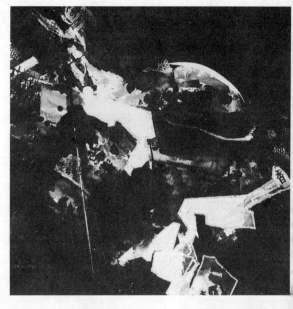

刘子建
《迷离错置的
空间之七》
1999 年

中国画的"创新"的呼声由来已久，作为民族的、本土的艺术样式，人们有理由竭尽全力将其发扬光大，但是，一厢情愿的事总很难如意。实验水墨的历史意义究竟如何，它是一种新经验，还是一个旧问题？——我同意黄专对刘子建提的意见："与许多更为丰富的观念性的方式相比较，抽象表现主义作为一种现代主义的语言方式有着它固存的历史语境局限，它执着的个性化的精神表达也许反而会限制它对许多直接性、当下文化问题进行批判的能力。我不知道刘子建意识到了没有：在他的文化问题的选择和语言方式的选择之间存在的这样一个巨大的矛盾性的问题时差。"——黄专说得颇为晦涩，但所提的问题是有价值的，即，实验水墨在当下"历史语境"中的尴尬：它似乎在创新，似乎将传统水墨的语言转换成了现代语言，然而它的针对性显然是软弱无力的。

张羽
《灵光第48号·
飘浮的残圆》
1999年

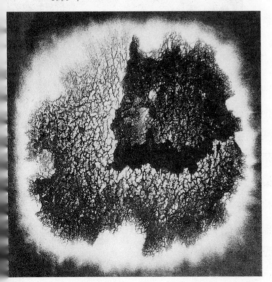

在对待实验水墨问题上，许多画家、批评家的观点差异极大，有笔墨本位主义，有纯粹抽象的表现主义，也有和稀泥的中庸主义。——举例来说，刘骁纯认为：新水墨要背离的只是书法用笔传统的笔墨但决不能抛弃笔墨，不能抛弃以笔为骨、染中求笔。对笔墨的态度，吴冠中的口号是：笔墨等于零；而张仃则呼吁，要守住中国画的底线——笔墨。刘子建指出："实验水墨是一种新经验，而滞后的批评总是以旧经验相关的理论为依据去批评它，刘骁纯喜欢举一些历史上靠'笔墨'或'书写性'成功的例子来证实今人非笔墨的方式注定是不成功的。我的观点是，像石涛、吴昌硕等人的成就都只能放在他们所处的历史框架中去评说，历来如此并非永远如此。我用现成品直接拓印，刘骁纯看到的是肌理效果，看不到画家选择这种方式的生活依据和表达需要，而我则认为没有比这种直接拓印留下的痕迹更能直观地和我们所处的现实发生直接的关系，它是构成我作品精神内涵不可或缺的符号。"

其实，看法的相悖不一定是经验问题，在思考水墨画前途这一点上，谁更有发言权，不取决于经验，因为经验总是局限的。问题是，如果没有画家呈现新的经验样式，我们的言说便失去了基本的可能，所以我相信，实践才是解决问题的根本，一切言说都是假设，而假设

张羽
《灵光第60号·飘浮的残圆》
1999年

张羽
《灵光第59号·
飘浮的残圆》
1998 年

不过是虚构的蓝图。

撇开争论和预测，回到实验水墨的现状，我想人们不难发现它的大概轮廓是有迹可寻的，——譬如抽象问题，表现性问题，材料问题，等等，都与当代艺术中的许多因素有着重合关系。不管是刘子建、张羽、石果，还是王川、王天德，都在不同程度上受到西方现代主义观念的领引，所谓"新"方式，大致上就是传统水墨媒材加上西方现代主义观念的作料，以打破传统水墨的表现范围和内容，拉近画家与现实的距离。我在北京时和朱青生讨论过，我不赞同他抬高"现代水墨"和"现代书法"的教条观点，我说那是一根"葱"，救不了自己也救不了水墨和书法。

按刘子建的自我介绍，我们了解他的作品是"做"出来的，这方式与前面谈到的不少艺术家类似。弄实验水墨的画家都竭力想创出自己的牌子，但在宣纸、墨汁这些材料上，究竟有多大的弹性，是能够设想到的。我在一篇文章里谈到：几乎所有从事实验水墨创作的画家都被理性之网笼罩着，目的、手法和制作都带有明显的设计痕迹，尽管在画面上表现出来的状态

是非理性的、随意的和率性的，这只
是现象，本质是被"理性"地隐藏起来
的，……抽象主义与传统写意画有天
然的因缘，有许多方面的暗合，采取
这种简便的（现成的）手法，是实验水
墨画家的"集体无意识"，正如实验水
墨大多不用色彩，……肌理效果、黑
白对比、朦胧感等等，都是理性设计
的产物。

　　实验水墨注重当下性是对传统水
墨远离现实的毛病的补缺，它的抽象
的思想不仅体现在画面上，还体现在
画面所表现的对象上。看看刘子建作
品的题目便知：《时间碎片》、《夜——
网》、《浮悬景观》、《记忆·十字》、《状
态——热寂》等等——抽象的方式与
抽象的对象天衣无缝，不再是抒情、
感怀、寄兴这样的个人情趣，它力图
走向广大，走向知识和对存在的理解。

　　张羽是 90 年代后实验水墨的主要实践
者，与刘子建一样，他热衷于表现那些抽象的
对象，并且，他的作品效果也是硬"做"出来的，
笔墨在里面不起作用。我发觉，越是偏向于激

李孝萱
《看不见体
面的自己》
1998 年

进一路的实验水墨的画家越是不注意语言的规范性——他们极力想要自创一套语言系统，摒弃一切成规，使得自己的语言独特而鲜明。这当然是好的，不过，就语言本身来看，摒弃成规（也就是传统用语）的同时，很难使人们在新的语言系统里感受到丰富和深度，这一点，我理解笔墨本位主义为何死抱"笔墨"的用意——

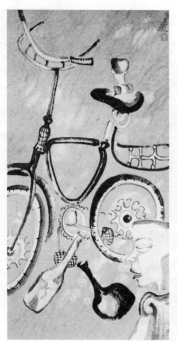

李孝萱
《失重的想象》
1999 年

确实，"笔墨"曾经创造过登峰造极的辉煌，而新语言却不让人们产生信心。

我和张羽谈过这个问题，他没做正面回答，但他表示语言的质量会随着实践的深入而提高。实验水墨试着要解决水墨的当代

李孝萱《失重的想象》1999 年

性问题，就如一道难解的习题，张羽的办法仍是"理性"化的，制作效果吞没了制作细节，而抽象性本身又引诱观众进入"思想"，题材、方式、技巧、着眼点等等，无一不在相对固定的框框内，既是个人符号的，又是被符号封闭的。

张羽的符号以"圆"为主，大家知道，"圆"是中国传统哲学思想的一种有型的图式，不少画家拿此作为素材。至于"灵光"之类，与"圆"的结合，更显示作者理性的设计意图：神秘、朦胧、模糊乃至无限。意图的明确恰恰导致了图式的简化——这几乎可说是实验水墨从一开始就有的"娘胎"毛病。我对实验水墨的前景比较疑惑，正如我在十几年前写的那篇《作为传统保留画种的中国画》里的观点，创新对于艺术来说是关键的，但是如果我们仍然承认中国画是一个"画种"，那么，它的边界何

王天德
《1999－2000 固体……
液体……固体》
1993 年

在?它的质量要求何在?或许,实验水墨画家根本不把自己划入"中国画"阵营,那就另当别论了……

　　我曾在一篇文章中对李孝萱猛批了一通;摘录如下:李孝萱的作品却是矫揉造作的典型,我并不全盘否定李孝萱作品在探索上的努力,我只是从他作品中发觉一种不良倾向:肆意的炫耀,这种炫耀其实是想像力枯萎的表现,是缺乏真诚的胡思乱想。我敢说,李孝萱的作品明显地标志着当今中国画坛走投无路、饥不择食的绝境。……他的造型既非"全新的结构",也非"重要的突破",而是中国画材料并糅杂西方现代主义造型观念佐料所做的乱七八糟凑合;人物形象的丑陋、空间切割和结构的错位,都留下了抹不掉的痕迹,水墨的表现力丧失殆尽了,只剩下一堆哗众取宠的刺眼的人形和物象……

　　回想起来,我

王天德
《1999－2000 固体……
液体……固体》
1993 年

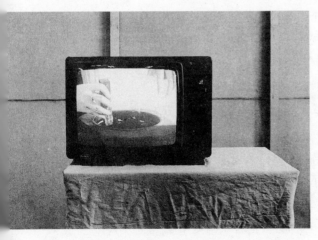

的火力主要是针对批评家的,因为由一群批评家搞的所谓"提名展",对每个参展画家进行了无原则的吹捧和肉麻的定位,例如曾宓,他们竟然如此写道:"爱蒲作英的饱墨直入,淋漓尽致而去其草率习气;取齐白石减笔大写意的章法结构而弃其雅俗兼容;宗黄宾虹于粗头乱服中见法度的笔墨但不求一波三折的线形;承潘天寿笔势的方劲又改其沉郁苍古的奇险折落,在总体上孕育出自己的独立体格和清刚、放逸而朴质的风格。"单就这段文字看,曾宓似乎综合了近现代的所有大家的优点,称得上是一代宗师了,但事实是批评家把术语和词汇当软糖吃,只图一时说了痛快而已。在现实中,批评家的失职是司空见惯的,他们时而收钱替画家写广告词,时而自愿充当画家的吹鼓手,对原则和职业道德视而不见。——当人们说起中国的艺术批评没有权威性时,我想这是一个主要方面。李孝萱的作品严格划分不属于实验水墨,他尽管也利用单色,利用水墨材料和"新"方式,但他不那么理性,没有刻意的设计,一如他的个性,直率而情绪化(第一次见面时他笑哈哈地对我说,骂得好,你多骂骂我就更出名),非理性的成分居多。他不搞"抽象",也不写实,有点表现主义的味道。而且,他喜欢画城市题材，气氛和感觉与我们的感受贴得很近。画法上，他仍采用勾线和渲染的办法，不过用笔用线（包括渲染）与传统规范南辕北辙，他自创了一条用水墨表现现代题材的路子，自行车、汽车、楼房、变形的人头、网状图形等等，我们从中看到了画家关注当代生活的热情，并且，这种热情与作品的形式非常融合。水墨画在当代的实践只是整个当代艺术中的一个局部，是多元中的一元，并且它本身也是多元的和多样的。如朱新建、田黎明、李津、王天德等，都在自己的田地里劳作多年，其收获是有目共睹的。